集英社オレンジ文庫

龍貴国宝伝 2

鳳凰は迷楼の蝶をいざなう

希多美咲

本書は書き下ろしです。

目次

イラスト／甲斐千鶴

2
龍貴国宝伝《りゅうきこくほうでん》
鳳凰は迷楼の蝶をいざなう

序章　揺れる大地

『龍貴国《りゅうきこく》』最東にある封地《ほうち》、墨東国《ぼくとうこく》。

曇天《どんてん》の空を城の廊橋《ろうきょう》から見上げ、墨東国国王、彩充賢《さいじゅうけん》は後ろに控える我が娘に声をかけた。

「中央より使者が来た。嫡流《ちゃくりゅう》として中央への復権を早期にと請われておる」

「中央への復権となりますと、父上が帝位におつきになられるのですか?」

充賢の娘、彩翠玲《すいれい》は、父と同じように見上げていた空から視線を落とした。

父の背中は広く、そして複雑だ。娘の自分では推し量れないほど重いものを背負っている。

「帝位にはつかん。今はな」

「今はと仰《おっしゃ》いますと?」

「中央は余に澄明《ちょうめい》兄上の息子、旬苑《しゅんえん》の後見を任せたいと言ってきた。宮廷には今、辣腕《らつわん》をふるっておった宰相《さいしょう》も皇太后《こうたいごう》もおらぬ。旬苑の後見には現在、亡き父上の弟君がついておられるが、もうお歳《とし》だ。帝位を継がせたい旬苑の新たな後ろ盾となる者を探しておるのだろう」

「後見人におなりになるのですか？」

「……旬苑はまだ十二になったばかりの子供だ。皇帝となる才覚があるかどうかもわからぬ。余はそれを見極めねばならん」

「見極めた後はどうなさいますか？」

ポツリポツリと空から雫《しずく》が落ちてきた。それでも、翠玲は父から目を離さなかった。充賢は娘を振り返ることなく、確かな声音《こわね》で言った。

「皇帝の器《うつわ》にあらずとみなせばそれまで。余が帝位につくこともやぶさかではない」

「……」

返答を控える翠玲の名を充賢が呼んだ。静かに横に立つと、充賢は娘の顔をじっと見つめた。

「そなたの婚姻《こんいん》だが、成人を迎えた一年後と決めておったが、事情が事情ゆえ、少し早めねばならぬやもしれん」

「はい」

「お前は美しく才覚もある。ゆえに、余はなにも心配しておらん。だが、いつ西へ赴《おもむ》いてもいいように、心構えだけはしっかりとしておけ」

「かしこまりました」

翠玲は十六歳の成人の儀をつい先日終えたばかりだ。この城を離れるのはまだ先だと思っていたが、そういうわけにもいかないようだ。

生まれた時から決まっていた婚姻とはいえ、少々気が重い。それでも、それが己の運命ならば受け入れるしかないのだろう。

「今日は冷える。なるべく暖かくして風邪など引かぬようにな。嫁入り前に身体《からだ》を壊しては西に面目がたたん」

「はい。父上もお体をお労《いたわ》りください」

去っていく父の背中を見送りながら、翠玲はふと溜め息をついた。

父のことは嫌いではないが、やはり会うたびに緊張する。幼い頃から厳格な背中しか見てこなかったせいだろう。

翠玲は完全に父が見えなくなったのを確認し、南にある己の居室へと戻った。

まだ昼間だが、今日はなんだか朝からずっと薄暗い。侍女に灯《あか》りをつけるように言うと、すぐに燭台《しょくだい》の蠟《ろう》に火がついた。座に腰掛けた翠玲に、別の侍女がそそと歩み寄る。

「翠玲様、文《ふみ》が届いております」

「文？　珍しいこともあるものね」

翠玲個人に文が来ることなど滅多にない。強い興味を引かれて文を受け取ったその時だった。

ゴゴゴと巨大な獣の唸《うな》り声のような音が聞こえた。何事かと皆の動きが止まる。その瞬間、足元を激しい揺れが襲った。

「きゃあ！」

「翠玲様！」

悲鳴を上げる翠玲を侍女がとっさに抱き込んだ。

ガタガタと居室全体が揺れ、燭台が床に倒れる。火が広がるのではとゾッとしたが、幸い蠟の火は一瞬で消えてしまった。

「翠玲様。わたくしから離れませぬよう！」

頼もしい侍女に一層強く抱き込まれ、翠玲は必死に彼女に縋《すが》りついた。

皆、床に這《は》いつくばり、立つことさえままならない。成人の儀の祝いに父からもらった高価な壺《つぼ》や置物が次々と床に落ち、無残にも割れていく。衝立《ついたて》や棚なども全て倒れた。

やがて激しい揺れが収まり、翠玲はようやく体の力を抜く。居室の惨状はそれはひどいものだった。割れ物ばかりで足の踏み場がない。

「皆、無事なの!?」

気力をふり絞って声をかけると、侍女たちは震えながらも翠玲の周りに集まって頭《こうべ》を垂れた。

「ち、父上は……？」

ふと、父のことが心配になり翠玲は立ち上がる。

「父上！」

「お待ちください、翠玲様！　今動いては危のうございます！」

居室を飛び出す翠玲を狼狽《うろた》えた侍女たちが追う。


この日、墨東国を襲った地震は広域に及び、主に庶民《しょみん》の民居《みんきょ》など数百棟が半壊した。怪《け》我《が》人もかなりの数に及んだが、この規模の地震で死者の数が比較的少なくすんだのは、隣国との国境に接する土地柄ゆえの建物の強固さが幸いしたのだろう。

後《のち》に、この大規模な地震は龍貴国の災害史に名を刻み、昂和《こうわ》十一年墨東地震と呼ばれることとなる。

第一章　最東の地

1

緩《ゆる》やかな風が吹く赤い荒野。

枯れた草木しか見当たらず、周囲に建物は一つもない。高い山の麓《ふもと》付近にあるこの地は、いわゆる死んだ土地で、山越えをしてきた旅人ぐらいしか訪れない寂しい場所だ。

そんな荒れ地で、一人の若者がなんとも滑稽《こっけい》な姿をさらしていた。

ブルルル！　と、馬が迷惑そうに鼻を鳴らし、首を激しく振っている。

それだけで腰が引けてしまい、李《り》硝《しょう》飛《ひ》はみっともなく馬の首にかじりついて悲鳴を上げた。

「うわああああ！　待て、待てってば！」

振り落とされそうになって思わず絶叫すると、馬が尚も興奮して前足と後ろ足を交互に上げて暴れだした。

「ぎゃあー！　助けて、林迅《りんじん》！　りんじーん！」

硝飛が連れの名を必死に叫ぶと、汪《おう》林迅は稀《まれ》に見る美貌《びぼう》をわずかに動かし、馬の手綱《たづな》を握った。

「どうどう。よしよし、いい子だ」

林迅に鼻先を撫《な》でられ、馬はようやく大人しくなった。落ち着きを取り戻した馬は、鼻息を吹いて不満そうに歯を剝《む》く。まるで背中に乗っているこいつをどうにかしてくれと訴えているようだ。

「悪いな。硝飛は馬に乗れないんだ。お前が調教してやってくれ」

馬と人の立場が逆転しているような言いぐさに硝飛はムッとしたが、何も言い返せなかった。この場にあって立場が一番弱いのは馬ではない。自分だ。

「よし、ゆっくり歩こう」

硝飛ではなく馬に言って、林迅は手綱を引いた。

馬は上手に導かれ、硝飛を乗せたままポックリポックリと歩きだす。硝飛は馬の首にしがみついたまま情けない声で林迅に懇願《こんがん》した。

「林迅！　手綱を放すなよ！　絶対に放すなよ！」

「放さない」

「本当だな。もし放したら、絶交だからな！」

「子供か。放さないと言っているだろうが」

馬上の硝飛を一瞥《いちべつ》して、林迅は馬に自《みずか》ら草を与えた。

「だいたい、そんなに怯《おび》えていては馬だって怖がる。馬は敏感で賢い生き物だ。ちゃんと背筋を伸ばして、堂々としていろ」

「わ、わかってるよ」

硝飛は唇を尖《とが》らせてゆっくりと上体を起こした。そのとたん、馬は再び嘶《いなな》いて、前足を上げた。

「ちょっと、待っ……ぎゃあ！」

とうとう馬上から地面に転がり落ち、硝飛は尻と背中を強《したた》かに打ち付けた。あまりの激痛に動けない硝飛に慌《あわ》てて、林迅が片膝《ひざ》をつく。

「大丈夫か？　頭は打ってないか？」

「だい……じょう……ぶ」

「だから、言っただろう。まだ一人で馬に乗るのは早いと」

「いや、そんなことない」

硝飛は尻を押さえながらよろよろと起き上がると、性懲《こ》りもなく再び馬に乗ろうとした。

「もうやめろ」

たまらず林迅が硝飛の腕を摑《つか》む。硝飛の足は子鹿《こじか》のようにぷるぷると震えていて、とても馬に乗れるような状態ではない。

「今日は馬も機嫌が悪い。乗馬の練習はおしまいだ」

「まだ平気だって。早く馬に乗れるようにならないと。いつまでもお前の後ろに乗っけてもらうわけにはいかないだろ」

「俺は構わない」

「俺が構うんだよ！　大の男が恥ずかしいだろ！」

「……」

なんとしても馬に乗ろうとする硝飛の額《ひたい》を、林迅は小突いた。

「乗るなと言っている。これ以上無理をするなら二度と一人で馬には乗せない」

ここは荒野だ。人目がない場所を選んでのこととはいえ、硬い地面は石ころまみれで、一歩間違えば落馬して命を落としかねない。乗馬の練習で死んでしまっては泣くに泣けないではないか。

厳しい顔で林迅が見てくるので、硝飛はわずかに目を逸《そ》らした。

「わかったよ」

拗《す》ねながらもしぶしぶと聞き入れた硝飛に安堵《あんど》して、林迅は馬を慰《なぐさ》める。一頭しかいない大事な馬だ。硝飛の下手《へた》な乗馬練習にこれ以上付き合わせるのもかわいそうだ。

「ようやく山を越えたんだ。馬も疲れている。この先に村があるから、そこで一晩休んでいこう」

「ああ」

裳《も》についた土を払いながら硝飛が同意した時、ふと、子供の泣き声が聞こえた気がした。

「――？」

二人は顔を見合わせる。

周囲には子供の姿などどこにもない。それでも、泣き声が聞こえるので、硝飛は少し先にある崖を見つめた。子供の泣き声は崖下から聞こえてきているようだ。

もしや子供が落ちているのではないかと思い、二人は崖に駆け寄った。覗《のぞ》き込むと、崖下は川になっていた。

川原には複数の大人が集まり、泣く子供を涙ながらに慰めている。数人の男たちが川に入り、中から中年の男を引き上げていた。

「父ちゃん！」

子供がびしょ濡《ぬ》れの男に縋《すが》りついて号泣している。青白い顔でピクリとも動かないところを見ると、男は亡くなっているようだ。

川から上げられた遺体は丁寧に荷車へ乗せられて男たちに運ばれていく。子供は母親らしき女性に手を引かれながらトボトボと後をついていった。

「親が川で溺《おぼ》れたのかな。かわいそうに」

崖の上から一部始終を見ていた硝飛は、子供の泣き顔に胸を痛めた。水難事故だろうか。なんにせよ、あんなに幼い子が親を亡くす姿を見るのは辛い。

「まだまだ甘えたい盛りだろうに」

「そうだな」

子供たちが見えなくなるまで見送り、林迅が硝飛に声をかけた。

「硝飛、もう行くぞ。日が暮れる前に村に着きたい」

「ああ」

林迅に促《うなが》され、硝飛は崖から離れた。少し気落ちしている硝飛の心情を悟ったのか、馬が小さく鳴いて頬《ほお》に鼻先を擦り寄せてきた。


荒野を出た先にある村には、小さな飯屋があった。

閉店間際の飯屋に入って、硝飛と林迅は「まだいいか」と店主に尋ねた。店主は中年の男だったが、呆気《あっけ》にとられたように頬を赤らめて何度も首をコクコクと振った。

「あ、ああ、いいよ。今日は客が少なかったから食材が余ってるんだ」

「申し訳ない」

林迅が礼を言うと、店主は声をひっくり返した。

「い、いいってことよ！」

あまりにも店主が舞い上がっているので、硝飛は隣を盗み見た。林迅は男でも二度見したくなるほどの美貌の持ち主だ。

スッと上がった眦《まなじり》が印象的な、切れ長の瞳。高く筋の通った鼻梁《びりょう》。真一文字に引き結ばれた厚みのある唇。特筆すべきは肌のきめ細かさと白さだ。あの肌は高貴な娘でさえ持ち合わせていないものだろう。

背中まで伸びた黒髪は、銀細工に紅玉を塡《は》め込んだ鳳凰《ほうおう》の髪留めできっちり一つにまとめられ、艶《つや》と共に揺れ動いている。黒地の上衣と裳を締める帯には向かい合う鳳凰と唐草《からくさ》模様が刺繡《ししゅう》され、羽織った外衣も同じく黒地で、肩には雲と鳳凰、袖《そで》には羽が舞っている。帯から下がった鳳凰の佩玉《はいぎょく》ともあいまって、なんとも見事な出で立ちだ。こんなに美しい者は国中探したってそうそう見つかるものではない。

一方、硝飛は玉《ぎょく》のように美しいと褒められる瞳が自慢だ。唇は薄いが目鼻立ちははっきりとしていて、目尻に向かって広くなる二重が珍しい。林迅と違い愛想がいいので人好きはする方だと思う。

髪は上部だけを蝶《ちょう》に瑠璃《るり》を埋め込んだ銀の髪飾りで留めているので自由に揺れ動いている。着ているものは藍《あい》色の上衣と裳。白地の外衣は下方に向かって濃い水色に染められ、胸元付近には蝶、裾《すそ》には水流の上を飛ぶ蝶と風に揺れる柳が刺繍されている。唐草が施《ほどこ》された上衣と同色の帯から下がるのは蒼《あお》と黒に光る二匹の蝶の佩玉だ。これは林迅に買ってもらった硝子《ガラス》細工で、肌身離さず大切にしている。

二人は空いている席に向かい合わせで腰を下ろすと、店主にいくつかの料理と酒を注文した。

とりあえず酒が素早く出てきたので、硝飛は林迅の杯に酒を注いで卓に身を乗り出す。

「馬を買ってくれ」

「却下」

にべもなく断られ、硝飛は卓につっ伏した。

「なんでだよー。金ならあるだろ」

「たしかに、宝具《ほうぐ》保護の名目で中央から多少の路銀は出ているが、馬を買う余裕なんかない」

「どうしてだよ。馬は立派な足だろ？　まだまだ長旅になるんだし、一頭だけじゃ心許《もと》ないと思わないか？」

「それもそうだが、馬一頭いくらすると思ってるんだ。路銀などすぐに底をつくぞ」

「だったら、なんで城都を出る時に汪尚書《しょうしょ》が連れていけって言ってくれた馬を断ったんだよ。あの馬さえあれば買わなくてもすんだだろ」

汪尚書とは礼部の長、汪界円《かいえん》のことだ。両親のいない林迅の養い親でもある。礼部とは中央政治を司《つかさど》る吏部《りぶ》、戸部、礼部、兵部、刑部、工部からなる六部の一つで、主に国の祭祀《さいし》や外交、国家試験を掌握《しょうあく》する部署だ。かつて、林迅も義父《ちち》に倣《なら》いこの礼部に属していた。

かつてというのは、今の彼の立場が国にとって実に危うく複雑なものだからだ。

汪林迅は、先代澄明《ちょうめい》皇帝の落とし子だ。そして、皇帝の証《あかし》となる宝具を受け継いだ者でもある。皇帝の宝具を受け継ぐということは否応《いやおう》なく皇族として中央に認知されることになるので、現在は礼部からも籍を抜かれている。

約六百年前、初代龍耀《りゅうよう》帝によって建国された龍貴国《りゅうきこく》は、水と宝具の国と言われている。北に国土の十分の一を占める湖『彩湖《さいこ》』を有し、彩湖周辺から取れる資源や食物が豊富な豊かな国だ。

龍貴国の人々は、十六歳で成人を迎えると、その証として親族から霊力の宿った『宝具』を授かる。宝具とは、主に武具や装飾品で、覡《かんなぎ》による『魂入《たま》れの儀』によって主《あるじ》の魂魄《こんぱく》を宿し、その資質を最大限に引き上げるお守りみたいなものだ。魂魄の質が高い者の宝具には強い霊力が宿るが、低い者の宝具はただの飾りと化す。

宝具となる武具や装飾品は、国に認められた『宝具師』しか作製することができない。宝具師になるためには、強い霊力と国家試験を突破できる優れた技術が必要だ。特に試験は難関を極め、たやすく合格できるものではない。よって、宝具師を生業《なりわい》とする者は少なく、一つの都や町に四、五人いればいい方だと言われている。

そんな中にあって、李硝飛の家は先祖代々宝具師という珍しい家系だ。そして、当の本人も例に漏れず若くして宝具師となった逸材だ。齢《よわい》十九にしてその腕は熟練の域に達し、世家《せいか》から宝具作製の声がかかることもしばしばだ。

一方林迅は、わけあって赤子の時に李家に預けられ、硝飛と共に庶民《しょみん》として暮らしていたが、九つになった年に世家である汪家に引き取られ、成人したのちは礼部に所属しながら覡の修行をしていた。まだ資格を有してはいないが、いずれは義父の汪界円と同じ覡になるつもりでいる。この覡も国家試験を通らなければならず、かなりの霊力が必要な選ばれた職業だ。

そんな二人が国を揺るがす大事件に巻きこまれたのは、ほんの三月ほど前のこと。

龍貴国の宮廷宝具師に任命された硝飛は、若き皇帝の成人の儀で、代々引き継がれる皇帝の宝具『鉞《えつ》』を偽物《にせもの》と指摘し投獄されてしまったのだ。

皇帝の宝具は他とは違い初代龍耀帝の神気が宿っているため、龍耀帝の血を引く者しか受け継げない代物《しろもの》だ。それを偽物だと言ったのだから、中央を怒らせたのも当然だろう。

否応なく投獄された硝飛だったが、汪林迅の力を借りて脱獄し、本物の宝具を探す旅に出た。その結果、鉞である宝具が実は林迅が所有する倭刀《わとう》に変えられていたことを暴いた二人は、宮廷でそれ以上の真実を白日《はくじつ》の下にさらすこととなった。

当代の皇帝、昂明《こうめい》は先代皇帝の血を引いていなかったのだ。昂明帝の母である皇太后明《こうたいごうめい》蘭《らん》と宰相《さいしょう》の流安寧《りゅうあんねい》が不貞を働いてできた子が昂明だ。

事実が表沙汰《ざた》になり、明蘭と流安寧は失脚。昂明帝は先代澄明帝を暗殺した罪で処分を待つ身だが、林迅から宝具を強引に奪おうとした際に宝具の怒りをかい瀕死《ひんし》の重傷を負った。彼は今もまだ昏睡《こんすい》状態のまま中央の奥深くに軟禁されている。

国はその事実を公《おおやけ》にはせず、昏睡状態の昂明を皇帝の地位に置いたまま、重い病床にあるとし、現在は新たに宰相になった者と、皇弟の旬苑《しゅんえん》の後見人を務める先々代の皇弟殿下が摂政《せっしょう》を行っている。

これは混乱した中央政治を正常に戻し、成人した旬苑が国を背負っていけるようになるまでの時間稼ぎだ。

そして、当の汪林迅は宝具を継ぐ者として、皇族の一員となった。

本来なら、皇帝の宝具を継いだ時点で林迅が皇帝の座につくのが筋なのだが、林迅はそれを固辞し、弟である旬苑にその座を譲った。

しかし、宝具から林迅の魂魄を無理に抜くことはできず、国の混乱を避けるため、林迅は宝具を継承したまま旬苑が成人を迎える四年後まで城都を去る決心をした。もちろん、苦楽を共にした硝飛を半ば強引に巻きこむ形でだ。

二人が汪界円や旬苑殿下に見送られて城都を旅立って早一月。季節は新たに春を迎えていた。

「――乗れない馬ほど旅の妨《さまた》げになるものはない。お前はずっと馬の手綱を引いて歩くつもりか」

「そうだけど……」

これも馬を乗りこなせないお前が悪いと暗に言われ、硝飛は唐辛子《とうがらし》で炒《いた》めた蓮根《れんこん》を次々と口に放り込んだ。やけ食いする品を間違えたせいで、口の中がひりひりする。

「龍貴国は広いんだぜ。ずっと二人乗りじゃ馬がかわいそうだ。俺は皇帝の宝具とお前を守らないといけないわけだし」

「……」

ふと、林迅の唇がうっすらと弧《こ》を描いた。微妙にわかりにくい笑みだが、硝飛の苦しい説得がおかしかったらしい。

「馬のことはいったん忘れろ。あと少しで墨東国《ぼくとうこく》に着く。しばらく滞在するから、そこで乗馬の練習をすればいい。話はそれからだ」

取り付く島のない林迅に、硝飛はぶすくれた。

墨東国は龍貴国の最東にある封地《ほうち》だ。ちなみに最も西にある国は西琉国《さいりゅうこく》という。

龍貴国の支配地域は、二十の郡と五つの国に及ぶ。皇帝の直轄《ちょっかつ》地は帝都である中央の

『彩京《さいきょう》』と二十の郡になり、それぞれの郡には中央から派遣された郡守と呼ばれる長官、郡尉と呼ばれる軍事を司る者、それらを監視する監察者などが政治を担っている。

最東の墨東、最西の西琉、最南の孔南《こうなん》、最北の湖北《こほく》、そして南の海を渡った島国、義和《ぎわ》国《こく》は中央と距離が離れているため、龍貴国の皇族に土地を封建し自治を任せている。そのため、これらの土地は郡ではなく国と称され、支配する者も国王と呼ばれる。

特に、墨東国と西琉国は、隣国との国境が地続きになっているため、龍貴国内では最重要地域とされており、国内外の諜報《ちょうほう》をしっかりと務めるために皇族の中でも優秀な者が国王に封じられる。

この墨東国の当代国王は先代皇帝、彩《さい》澄明の長弟《ちょうてい》、彩充賢《じゅうけん》だ。つまり、林迅の叔父にあたる。

中央の屋台骨が揺れている今、彩充賢には嫡流《ちゃくりゅう》として中央への復権が請われているらしい。林迅も硝飛も充賢の人となりは知らないが、傑物であるのは間違いがないのだろう。

しかし、二人が墨東国へ赴《おもむ》くのは墨東王に会うためではない。

実は、墨東国は硝飛の母親の出身地なのだ。

硝飛の母、桜雀《おうじゃく》は、硝飛を産んですぐに亡くなったので、硝飛は母のことをほとんど知らない。亡き父はあまり母のことを語りたくなかったのか、墨東国の王府に近い地域に住む清《せい》家という家の出ということしか教えてくれなかった。

そのため今まで清家とは親戚付き合いなどなかったが、母が育った地をいつかは見てみたいと思っていたこともあり、硝飛は林迅に相談して旅の最初の目的地を墨東国に定めたのだ。

「もし清家の人と会えた時、林迅の後ろで馬に乗っている姿を見られたくないんだよ。恥ずかしいだろ」

「気にしすぎだ」

林迅はそう一蹴《いっしゅう》するが、そうはいかないのが男の自尊心だ。硝飛が尚も馬を強請《ねだ》りながら酒を追加すると、店主が酒瓶を持って二人に話しかけてきた。

「兄さんたち、墨東国に行くのかい？」

「そうだけど？」

どうやら話を聞かれていたらしい。店主は二人の側に椅子《いす》を引きずってきてどっかりと座った。

「悪いことは言わないから、墨東国に行くのはやめときな」

神妙な顔をする店主に、硝飛は目を瞬《またた》いた。

「なんでだよ」

「あんたら知らないのかい？　墨東国は一月前に大きな地震に見舞われたばかりなんだ」

「地震？」

「ああ、そりゃ酷い揺れだったらしいぜ。かなりの民居《みんきょ》が半壊したらしい。今は復興の真っ最中さ」

「そんな大きな地震があったのか」

一月前といえば、二人が城都を出たばかりの頃だ。地震のことは耳に入っていなかった。

「被害は相当なものなのか？」

「幸い死者はさほど出なかったらしいんだけどよ。まぁ、あっち方面は地震だけじゃなくてな……」

店主は二人の杯に酒を注ぎながら更に声を潜めた。

「この村から墨東国へ行くには東の森を通らなきゃならないんだが、そこでよく旅人や村の連中が行方不明になってるんだよ」

「行方不明？」

「墨東国へ行くって言って、村を出た人間がここ一月の間、ことごとく姿を消してんだ。しかも、働き盛りの男ばかり。あげく失踪《しっそう》した村人が数日後に死んで川から流れてくることも度々あってよ」

「川からって……そういや、さっき川原で水死体が上がるのを見たけど」

「ああ、そりゃ間違いなく村の奴だよ。半月ほど前に墨東国へ薬草を売りに行くって村を出たまま行方不明になってたんだ。ついさっき、川で浮かんでるのが見つかったって話を聞いたばかりだ。……噂《うわさ》じゃ、死体は墨東国の方から流れてくるって言われてるぜ」

「なんだよ、それ」

森に入った旅人や村の人間を何者かが攫《さら》い、殺した後に墨東国方面から川に捨てているということか。

「変な話だな」

「そうだろ？　墨東国は俺たち辺境の村の人間にとっちゃ大事な物流拠点だからな。あそこから仕入れる食料や生活品はたくさんあるんだ。だけど最近じゃおっかなくて森に入れやしねぇ」

「……」

「役人が動いてるし、報奨金もかけてるんだが、なかなか解決しねぇんだ」

「報奨金……」

店主はブツブツと愚痴《ぐち》りながら、席を立って行ってしまった。

「報奨金かぁ。いくらかな？　馬が買えるかな？」

「硝飛」

明らかに首を突っ込もうとしている硝飛を林迅が諌《いさ》める。すると、不意に隣の席から苦笑が漏れた。

目をやると、いつの間にか若い男が席に座り、一人で優雅に酒を飲んでいるではないか。

歳《とし》の頃は二十前半。柔和《にゅうわ》な面持《おもも》ちで、輪郭《りんかく》の綺麗《きれい》な優男だ。鮮やかな瑠璃色の上衣と裳に身を包み、同じ瑠璃色の外衣には見事な白梅が刺繡されている。更に濃い同色の帯からは白虎《びゃっこ》の佩玉が下がっていた。見るからに漂う気品がそこら辺にいる庶民とは全く違う。

「誰だよ、あんた」

「いや、これは悪かった。私は緋利瑶《ひりよう》と申す者。旅の道すがら寄った店で、なにやらおもしろい話が聞こえたもので、つい」

男は、立ち上がって二人に拱手《きょうしゅ》した。硝飛と林迅も立ち上がって拱手で返すと、男は意外なことを言った。

「私はただの通りすがりの者だが、こうして席が隣り合ったのも何かの縁。――その馬の代金、私が代わりに支払うのはどうだろうか？」

「え？」

「なに、金持ちの道楽だよ。なんだか妙に君のことが気に入ってね」

「はぁ？」

「たまたま荒野で乗馬の練習をしているのを目にしたんだ。あまりにも必死なもので、手に汗握って応援してしまった」

「……っ！」

あの無様な姿を見られていたとは。硝飛は恥ずかしさのあまり顔を赤くした。

「あれほど懸命な姿を見せられては馬ぐらい買ってやりたくもなる」

眩《まぶ》しいほどニコリと笑われて、硝飛は頭を抱えた。

「誰もいないと思ってたのに！　忘れてくれ。今すぐ忘れてくれ！」

「それはできないな。もうこの目に焼きついてしまった」

利瑶は林迅ほどではないが、華やかで見栄えの良い顔をしている。こんな小さな村に、なぜこんな優美な男がいるのか首を傾《かし》げたくなるほどだ。しかも、見ず知らずの人間に馬を買ってやるとは気前がいいにもほどがある。

男を胡散《うさん》臭く感じ、硝飛はチラリと林迅を見た。すると、林迅は卓に飲み代を置いて硝飛の腕を掴んだ。

「見ず知らずの他人に施しを受けるいわれはない。酒に酔った連れが戯言《たわごと》を言って申し訳なかった。馬の話はなかったことにしてもらいたい」

林迅は表情一つ変えずにそう言うと、硝飛の腕を引いて男に背を向けた。そのまま相手の返事も聞かずに飯屋を出てしまったので、さすがに硝飛も焦った。

「おい、林迅。いくらなんでもさっきのはちょっと失礼だぞ」

「失礼？　どちらがだ。だしぬけに馬を買ってやるなど、疑わしいにもほどがある」

「そうだけど。あの人も善意だったかもしれないし」

硝飛が飯屋を振り返ると、林迅の足がピタリと止まった。冷え切った目で睨《にら》まれて、硝飛は顔を引きつらせる。

「な、なにをそんなに怒ってるんだよ。――あ、もしかして報酬目的で厄介《やっかい》ごとに首を突っ込もうとしたからか？　まぁ、宝具を守らなきゃならない俺たちにそんなことをしてる余裕はないけどさ」

「馬なら俺が買ってやる」

「――え!?」

自己反省中だった硝飛は、林迅の言葉に仰天した。

「ただし、お前が馬をきちんと乗りこなせるようになってからだ」

そう釘《くぎ》を刺され、硝飛は呆気にとられつつも頷《うなず》いた。なんだ、この急転直下の流れは。いったい、林迅の中でどんな心境の変化があったというのだ。

「とりあえず、今日はこの村に泊まって明日早く出立するぞ」

「あ、ああ」

宿を探し始める連れの背中を見つめながら、硝飛はしきりに首を傾げた。

林迅があの男を気にくわなかったことだけは察したが、それと馬がどうして繋《つな》がるのか。

（まったく、わからん）

でもまぁ、馬が手に入るならどちらでもいいかと気を取り直し、硝飛は早くも馬の名前を考えて心を躍《おど》らせた。

2

墨東国の政務を執り行う墨東王府の近くにある村は、渓流《けいりゅう》沿いの土地が多くある山間の地だ。専守防衛の砦《とりで》を構え、緑豊かな渓流の側には、巨大な円形土楼《どろう》がいくつも並んでいる。

土楼とは、庶民が一族で集まって住む大きな民居のことだ。壁は土を固めて作られ、三階、四階建てのものが多い。戦乱の際は、この民居が兵営や避難場所となるのだ。

硝飛と林迅は馬に相乗りして、ゆっくりと円形土楼の間を縫って進んだ。一月前の地震のせいか、壁の土が剝がれ、瓦《かわら》屋根があちこちに散乱している。土楼自体も半壊しているものが多い。渓流の水を汲《く》み上げる水車も川の中に倒れ、動いていないようだ。

人々は黙々と壊れた民居の修復に勤《いそ》しんでいる。女性や兵士たちは家を失った者たちに炊き出しをしていた。

「酷い状態だな」

硝飛が言うと、林迅も首肯《しゅこう》した。

二人は馬から下り、無邪気に遊んでいる子供たちに飴《あめ》を与えた。こんなことしか自分たちにできることはない。救いなのは人々の顔に暗さが見えないことだろうか。これも死者が少なかったことが幸いしているのだろう。建物は壊れたら直せばいいという考えなのかもしれない。

民居なのに、兵士たちが積極的に修繕に取り組んでいるのも好感が持てた。ここの国王は、庶民のこともちゃんと目にかける人物のようだ。

「でも、すんなりと墨東国に入っちゃったな」

硝飛はどこか肩すかしを食らったような気分だ。

実は墨東国へと繋がる東の森に入った時、二人はかなり警戒をしていた。報酬うんぬんはおいておいても、話を聞いてしまえば黙っておけないのが二人の性分だ。できることなら失踪事件の原因がわかればいいと思っていたが、森には何もなかった。人間が拉致《らち》に関わっている痕跡はおろか、瘴気《しょうき》も感じなかった。少なくとも、幽鬼の仕業《しわざ》でないことだけは確かだ。

「姑娘《クーニャン》（お嬢さん）、ちょっと話を聞いてもいいかな？」

硝飛は、被害の少ない円形土楼の前で炊き出しをしている若い娘に声をかけた。娘は急に煌《きら》びやかな青年たちに話しかけられたので、動転したように大きく目を見開いた。一瞬の戸惑いの後《あと》、林迅を見てみるみる顔を赤らめる。

「な、なんでしょうか？」

娘は炊き出しの手を止めて、乱れた髪を懸命に整えだした。

いつもの反応に、硝飛は愛想笑いを顔に貼り付ける。林迅を連れている時は若い娘に声をかけるのが一番だ。

「あのさ、俺たち旅の者なんだけど。墨東国に入る前に小さな村があるのは知ってる?」

「いいえ。そもそも私は墨東国内どころか村からもほとんど出ないし」

「そうか。いや、そこの村人から聞いたんだけどさ、東の森……墨東国から見たら西の森かな? で奇妙な失踪事件が多発してるらしいんだ。姑娘は変な噂話とか耳にしたことない?」

「失踪事件?」

娘は熱を冷ますようにパタパタと両手で頬をあおいだ。

「そんな噂は聞いたことがないわ」

「そうなのか? かなりの人数が消えてるようなんだけど」

「少なくとも村の誰かが消えたなんて話はないわね。森が危険だなんて話もね。そもそも郡境の森はここからかなり離れてるし」

「そうか……」

硝飛は首を傾げながら、娘に礼を言った。ついでに飴を渡すと、娘は嬉《うれ》しそうに顔を綻《ほころ》ばせた。

少し離れていた林迅に近づき、「だってさ」と肩をすくめる。

墨東国に入ってから、いくつかの村に立ち寄って森の失踪事件のことを尋ねているが、皆知らないと首を横に振るばかりだった。見たところ無理に隠している様子はない。純粋にそんな事件などないと思っているようだ。

「硝飛、本来の目的は清家を探すことだろう。いちいち厄介ごとに首を突っ込んでいては、いつまでたっても伯父上には会えないぞ。役人や報奨金目当ての奴に任せておけ」

「わかってるよ。ついでだよついで」

郡境の森には、報奨金目当ての強者たちが複数いた。わざわざ硝飛たちが動くこともないのだが、それでもつい気になってしまうのだ。

「でも、なんで墨東国には失踪事件の話が広がってないんだろうな?」

「墨東国側の被害がないなら、それに越したことはない。泣く者は少ない方がいい」

林迅にさらりと言われ、それもそうだなと納得した。

彼のこういうところが硝飛は好きだ。顔は能面で表情が読みにくいが、心根は昔のように純粋で綺麗なままだ。

林迅の半生は波瀾万丈《はらんばんじょう》で、普通の人間なら悲観して性格がねじ曲がってもおかしくないが、彼にはそれがまったくない。

「――ずるい！　それ僕のだぞ！」

「俺のだよ！」

一人でニヤニヤしていると、炊き出しに集まっていた子供たちが喧嘩《けんか》を始めてしまった。渡された食事の量で言い争っているらしい。硝飛はとっさに子供たちの間に割って入った。

「はいはい、喧嘩しない！　食べ物なら皆の分あるから！　——そうだろ、姑娘」

振り向くと、炊き出しの手を止めていた娘は慌てて同意した。

「ごめんな。兄ちゃんたちがあのお姉ちゃんの邪魔をしちゃったんだ」

そう言って子供たちの頭を撫でると、硝飛は娘に歩み寄った。

「姑娘、俺たちも炊き出しを手伝うよ」

「え？　本当に？」

思いもかけない申し出に驚く娘に硝飛は頷く。「いいだろ？」と林迅を見ると、林迅も目で是《ぜ》を示してくれた。すると、半壊の土楼の修繕に励んでいた男たちから声が上がった。

「兄ちゃん、手伝ってくれるならこっちで瓦を屋根に上げてくれ。男手がいくつあっても足りねぇんだ！」

請われて、硝飛は快《こころよ》く引き受けた。

「林迅、お前は炊き出しを頼む。俺は瓦運びを手伝うよ」

「俺もそちらへ行く」

「いいって。俺は力仕事が得意だし。それに……」

硝飛はチラリと周囲を見回した。炊き出しには今までいなかった女人《にょにん》たちが期待に満ちた顔で集まっている。

「今ここでお前を連れていったら、彼女たちに恨まれそうだ」

硝飛は林迅の肩を叩いて、男たちのもとへ走った。「気をつけろよ」と林迅に声をかけられ、硝飛は片手を上げて答えた。

「おっちゃんたち、俺なんでもするよ」

「おー、ありがてぇな！」

なんとも元気そうな若者が助《すけ》っ人《と》に現れてくれたので、男たちは手放しで歓迎し、硝飛の背に瓦が詰められた籠《かご》を背負わせた。

「はい、これ背負って。そこの梯子《はしご》を登って！」

「はいはい」

かなりの重労働だが、硝飛は嫌な顔一つせずに慎重に梯子を登った。

「うわ、すげー高いな」

さすがに三階建ての土楼の上は足がすくむが、村一面を見渡せるのでついキョロキョロしていると、山向こうに巨大な砦が見えた。墨東国の城郭である。見渡す限りずっと続く壁は圧巻だ。その全長はどれだけあるのかわからない。

「ここから見ても大迫力だなぁ」

だった。

「そうだよ、立派なもんだろう」

「ああ」

国境に近い墨東王府を守るのは、高い壁に守られた城郭だ。内を土で固め、壁面に煉瓦《れんが》が積まれた壁の高さは建物の五階分はある。形状は方形で、城壁の上には櫓《やぐら》が何十も築かれていた。防御施設や攻撃の要《かなめ》である砲台が目を引き、城門の上に見える三重の楼が圧巻だった。

ただただ城壁に見惚《みと》れていると、苛立《いらだ》った男たちから文句が上がった。

「兄ちゃん、遊んでないで早く瓦を置いてくれよ！」

「ああ、ごめん」

硝飛は瓦葺《ぶ》きをしている男たちに、籠の中の瓦を渡すと、すぐに梯子を下りた。間髪容《い》れずに下の男たちから次の籠を背負わされる。

「はい、登った登った！」

男たちに急《せ》かされ、硝飛は再び屋根に登った。そんなことを何度も繰り返したので、さすがの硝飛も疲れてしまった。

「ちょっと、俺も瓦を葺きたくなっちゃったなぁ」

一息ついているのをごまかすために見よう見まねで瓦を葺いていると、何やら下が騒がしいことに気がついた。

騒ぎの元を探すと、馬に乗った複数の兵士を引き連れた軒車《けんしゃ》がすぐ下に止まっていた。軒車は高貴な者たちが乗る馬車だ。なぜこんなところに止まったのかと訝《いぶか》しんで見ていると、兵士に導かれてなんとも美しい娘が降りてきた。

歳の頃は十六、七。薄い朱色に染めた上等な絹の裳や上衣に身を包み、横髪を頭頂部で三つ編みに結い上げ花の簪《かんざし》を挿している。高貴な者であることはわかるが、あまり華美な装飾で着飾ってはいない。

肌は白く、猫のような大きな目と、形よく艶のある唇が印象的な娘だ。

人々は彼女のことを「翠玲様《すいれい》」と呼び頭を下げている。

凛《りん》としているせいで一見冷たくも見える翠玲は、人々に柔らかな笑みを向けた。とたんに周囲が華やぎ、人々は安堵したように目を潤ませる。

翠玲は村人一人一人に声をかけて回り、お付きの兵士たちは荷馬車から大量の物資や食料を下ろした。

「あの人は誰だ？」

疑問を口にすると、瓦葺きの手を止めていた男たちが教えてくれた。

「あの方は墨東王の娘、翠玲県主だよ。地震以来こうして時々俺たちを見舞ってくださるんだ」

「高貴な方なのに、汚れるのも構わずに炊き出しや幼子《おさなご》の子守までしてくださる。ありがたいことだよ」

「県主……」

硝飛は、じっと少女を見つめた。

県主とは国王に封じられた皇族の娘のことをいう。墨東国の国王は前皇帝の長弟なので、突き詰めて考えれば林迅の従妹《いとこ》ということになる。

しばらく翠玲は子供たちに菓子を配っていたが、ふとなんの拍子かこちらを見上げた。不躾《ぶしつけ》な視線に気づかれたかと思い、硝飛が頭を下げると、翠玲は優雅に唇を開いた。

「ご苦労様です」と言っているようだ。

偏見は持ちたくないが、高貴な者であるにもかかわらず偉ぶることのないできた人物だ。自分の従妹であることをわかっているのかいないのか、林迅は黙々と炊き出しをこなしていて翠玲を見もしない。彼はあまり彼女に興味がないようだ。これも林迅らしいと言えばらしいのだが。

「翠玲県主は西琉国の王子との婚姻《こんいん》が決まってるんだけどな。地震の復興がすむまではこの地に留まるって言われてるんだ」

「ふーん」

墨東国と西琉国の婚姻の話は硝飛でも知っている。両国が古くから婚姻で絆《きずな》を深めているのは周知の事実だからだ。

「兄ちゃん、県主に見惚れてないで、そろそろ瓦を運んでくれや」

「あ、悪い」

仕事を再開した男たちに急かされ、硝飛は弾《はじ》かれたように梯子へと戻った。

身体《からだ》が動く限り何度も梯子を登り下りし、ようやく男たちから解放された時には日が西に傾き始めていた。翠玲の姿もいつの間にか消えている。別の場所に移ったのかもしれない。

「林迅、お疲れ！」

ちょうど炊き出しを終えた林迅の側に駆け寄ると、彼は硝飛に包子《パオズ》をくれた。

「さっき炊き出しの礼にもらった。甘い物を食べれば少しは疲れもとれる」

「いいのか？」

見たところ、林迅の分はないようだ。ひょっとして、自分のものを硝飛のためにとっておいてくれたのだろうか。

「ありがとう」

受け取って一口かじると、硝飛の大好物の小豆餡《あずきあん》だった。嬉しくて、二つに分けて林迅に差し出す。

林迅はいらないと言って、近くに繋いであった馬の縄を解いた。

「そろそろ行こう、日が暮れる」

「ああ」

硝飛は林迅の労《いたわ》りを感じ、満面の笑みで包子を頬張《ほおば》った。

3

「とりあえず、これからどうするかな」

復興に忙しい村の中央付近から離れて問うと、林迅は「清家を探そう」と言った。

「清家は墨東王府の近くに居を構えているんだろう？　この村の人なら知っているかもしれない」

「そうだな。伯父さんたちの民居が壊れてなければいいけど」

「無事だといいな」

言いながら、聞き込みをするために村人に声をかけようとした時、二人はふと村の外れの墓地で複数の人々が集まっているのを目にした。

葬式でもやっているのかと思ったが、違う。墓にいる人たちは白い喪服ではなく普段着に身を包んで酒を飲んでいる。中には泣いている者もいるようだが、基本的に賑《にぎ》やかな祝いの空気だ。

「なんだあれ」

人々の中心にいるのは、どうやら覡のようだ。覡は佩玉のようなものを厳《おごそ》かに持ち、なにやら呪文を唱えている。

「まるで、成人の儀みたいだな」

硝飛にも覚えがある。成人の儀はああやって覡に魂入れをしてもらい、親族に祝宴を開いてもらうのが常だ。もちろん、けっして墓場でやるものではない。

硝飛は荷車を引いて通りすがった男に声をかけた。

「兄さん、あの人たちはあそこでいったい何をしてるんだ？」

すると男は、そんなことも知らないのかと余計な一言をつけて、驚くべきことを口にした。

「あれは『冥祝《めいしゅく》』だよ」

「冥祝？」

「成人を迎える前に死んじまった我が子を悼《いた》んで、子供が成人する日にああやって親族が覡を招いて宝具を授けるんだ。宝具は冥祝の後に墓に埋めちまうのさ」

「……墓に埋める宝具？」

宝具師である硝飛でさえ、まったく聞いたことのない話だ。林迅に目を向けると、林迅は少し間を置いて話しだした。

「墨東国にはそういう風習が古くからあると耳にしたことがある。死者の未練を呼び覚ますことになるから一般的には推奨されていないが、子供を亡くして生きていかねばならない親の慰めになってるんだろう。中央も表だって禁止しているわけではない」

「へぇ……。龍貴国は広いからなぁ。城都から少し離れただけで、おもしろい風習があるもんだ」

墓場で祝う姿はどこか奇異に映るが、そういう理由があるなら無下《むげ》に否定はできない。

男は墓場を見ながら目を細めた。

「あそこの家は、この前の地震で娘を亡くしちまったんだよ。成人まであと一月だったらしい。かわいそうになぁ」

「そうか……」

しんみりしていると、男は「もういいかい」と言って二人から離れようとした。硝飛はとっさに男の袖を摑む。

「待ってくれよ、兄さん。忙しいところ悪いんだけど、もう一つ質問！」

「なんだよ、俺は土を運ばなきゃならねぇんだ。壁の修繕に使う土を待ってる奴らがわんさかいるんだよ！」

「わかってるよ、ごめんな。あのさ、この付近に清家って家があるはずなんだけど知らないか？」

「清家？」

男の眉が微《かす》かに上がった。

「そう。主人の名前は清貴燕《きえん》っていって、古くから墨東国に住む一族……」

硝飛が母の兄の名を出した時だった、男の顔がみるみる呆《あき》れたように変貌した。

「清貴燕？　お前、馬鹿《ばか》か。清家がこんなところに邸《やしき》を建てるはずがねぇよ」

言うなり男は、彼方《かなた》に聳《そび》える高い壁を指さした。

「清家の邸があるのは、あの壁の向こう！　城郭内に決まってるだろうが！」

男は硝飛の手を払い、忙しいのに邪魔をするなとばかりに肩を怒らせて去っていった。

「――え？」

硝飛は壁を凝視した。

たしか、墨東国の城郭内は都市になっていると林迅が言っていた。壁の中は城を中心に、商業・工業施設が整えられ、比較的名家と呼ばれる家の邸が建ち並んでいるはずだ。

清家が城郭都市に居を構えているとはどういうことだ。

「清家って、ただの庶民じゃないのか？」

硝飛は立ちはだかる巨大な壁から目を逸らし、林迅に問うた。能面男は珍しく困ったように眉を寄せ、なにも返してはくれなかった。

第二章　血を分かつ者

1

「貴様たちを通すわけにはいかん！」

「今すぐ立ち去れ！」

日が暮れる前に急いで城壁に辿《たど》り着いた硝飛《しょうひ》と林迅《りんじん》は、城門の前で門兵たちにけんもほろろに追い払われた。それもそうだろう、なんの苦労もなく入れたら城壁の意味をなさない。

「どうする、林迅。お前、中央から龍貴国《りゅうきこく》全域の通行証をもらってないのかよ？」

「そんなものをもらっていたら、今ここで出している」

「今度、旬苑《しゅんえん》殿下に文《ふみ》を出してもらっといてくれよ」

「そうしてもいいが、あればあったで正体を探られるようで煩《わずら》わしい気もする」

残念ながら、ここで林迅の名は通用しない。末端の兵士にまで彼が皇族であるとの情報が回っていないからだ。林迅が持つ皇帝の宝具《ほうぐ》とて同じこと。鉞《えつ》が倭刀《わとう》になっているのはまだ上層部しか知らない秘匿《ひとく》案件だ。つまり、今この場にあって林迅の皇族特権はないに等しい。

こんなところで立ち往生《おうじょう》するとは思わなかった硝飛は、己の宝具である剣『蝶輝《ちょうき》』で肩を叩いた。さすがにあれだけの重量の瓦《かわら》を担《かつ》いで梯子《はしご》を登り下りすると、身体《からだ》にこたえる。特に肩の凝《こ》りと腰の張りが尋常ではない。

「いったん村に戻って作戦を練るか……」

ここで彼ら相手に踏ん張る余力が俺にはないと硝飛が呟《つぶや》いた時だった。ガラガラと馬車の音が聞こえた。見ると、先ほど見た翠玲《すいれい》県主の軒車《けんしゃ》が城門に向かって走ってくるではないか。

二人より一足遅く帰ってきたようだ。

硝飛と林迅が脇に寄ると、軒車がなぜか二人の前で止まった。

「どうしたのです？」

翠玲は軒車の中から門兵に声をかけた。門兵は背筋を伸ばした後、拱手《きょうしゅ》して翠玲に答えた。

「申し訳ありません、素性もよくわからぬ旅の者が城郭《じょうかく》内に入ろうといたしまして」

「……そう」

翠玲は硝飛と林迅を見ると、軒車の扉を開けて降りてきた。

「あなたたちは村でいろいろとお手伝いをしてくれていた方たちですね」

言葉は交わさなかったものの、翠玲は二人のことを認識し覚えてくれていたようだ。

「はい、県主のお姿は村でお見かけいたしました。お会いできて光栄です」

二人で拱手すると、翠玲はふと硝飛の蝶輝に目をやった。

「その剣はあなたの宝具ですか？」

「あ、そうです」

蝶輝に興味を持たれたので、硝飛は頭を上げた。翠玲はまじまじと剣と硝飛を交互に見つめる。

「少し見せていただいてよろしいかしら？」

「え？」

なぜそんなことを言われるのかわからず戸惑っていると、林迅が小さく首を縦に振った。渡してみろということらしい。

素直に翠玲に蝶輝を渡すと、翠玲は両手で剣を受け取ってじっくりと鞘《さや》を見、ついで剣身と柄《つか》の境目である剣格に目を通した。そして、ふと口元を緩《ゆる》める。

「あなたたちは、城郭内に親類がいるの？」

「はい、おります。まさしくその親類に会いに来たところなんです」

「親類の名は清《せい》家？」

言い当てられて、硝飛は目を丸くした。

「はい。俺の伯父の名が清貴燕《きえん》といいます」

硝飛の言葉に、門兵たちの顔色が変わった。翠玲が彼らに蝶輝を見せると、一気に緊張が走る。

「この者たちは旅の途中であるにもかかわらず、懸命に復興の手助けをしてくれていました。悪い人間ではないわ。通してあげて」

翠玲に請われ、門兵たちは恐れ多そうに拱手した。

いったい何が起こっているのか二人にはまったくわからない。翠玲は唖然《あぜん》としている硝飛に淡く微笑《ほほえ》み、それ以上なにも言わず軒車の中に戻っていってしまった。

慌《あわ》てて硝飛が礼を言うと、代わりに馬が嘶《いなな》いた。軒車はそのまま城門の中に消えていく。

「先ほどは失礼いたしました」

「どうぞ、お通りください」

恭《うやうや》しく門兵たちに頭を下げられ、硝飛は恐縮して、とっさに「どうも」などと軽く返してしまった。林迅が堂々と城門を通ったので、硝飛も急いで後を追った。

城郭内部は、想像していた以上に賑《にぎ》やかだった。

壁の中だけで人々が暮らせるように、内部は見事に整備され、たしかに都市といっても遜色《そんしょく》ないほどだ。

中央に国王が住まう城を構え、東には初代皇帝龍耀《りゅうよう》帝を祀《まつ》る廟《びょう》、西側には役所が配置されている。複数ある大通りは市場で賑わい、大通りから外れた場所は住宅街になっていた。

壁外の円形土楼《どろう》とは違う、しっかりとした四合院《しごういん》が軒《のき》を連ねる住宅街は、主に名家や城郭内で働く者の邸《やしき》が主なので、比較的裕福な者しか住んでいない。

目を奪われるのは東に見える高い楼閣だろうか。寄棟造《よせむねづくり》の屋根が五重になっており、その存在感たるや彩京《さいきょう》の楼閣にも匹敵する。

林迅と硝飛はゆっくりと歩きながら、城郭内を見て回った。

「こうやって見ると、ここもなかなか住み心地がよさそうだな」

道行く人々は、男も女も派手な衣装に身を包んでいるが、中には無骨《ぶこつ》な兵士も交じっている。市場も活気があり兵士と商人たちの間に隔たりはなく、仲良く会話をしている姿をよく見かける。

建物は城壁も含めて、あまり地震の被害を被《こうむ》っていないようだ。城郭内部が壁外の民《みん》居《きょ》よりも丈夫に造られているからだろう。だが、よく見ると壁が剝がれていたり、屋根飾りや瓦が落ちている建物が複数ある。さすがに全くの無傷というわけにはいかなかったらしい。

「貴燕伯父さんは、本当にこんなところに住んでるのか？」

「……李《り》おじさんから、清家のことはなにも聞いてないのか？」

馬をひく林迅に問われ、硝飛は頷《うなず》く。

「父さんは基本的にあまり清家の話はしなかったからな。母さんが墨東国《ぼくとうこく》出身ってことと、貴燕っていう名前の兄がいることしか教えてくれなかった。だから俺、てっきり清家は田畑を耕す農民か、うちと同じ職人の家系だと思い込んでたんだ……け……ど……」

住宅街の中央に、目を瞠るほど見事な邸が現れた。その門前でピタリと足を止めた硝飛は呆然《ぼうぜん》と立ち尽くす。

豪奢《ごうしゃ》な門は道の端まで広がり、正面だけで入り口は四つもある。門の向こうは大きな四合院で、敷地の後方が高くなっているせいか、平屋なのに二階建てに見える。威圧感と風格だけでいうなら、周辺の邸を圧倒していた。

硝飛は喉《のど》を鳴らした。

城郭内に入ると、清貴燕の邸の場所はすぐにわかった。かの邸を知らぬ者がいなかったからだ。清家の客人と聞くやいなや、あからさまに親切になった者もおり、さぞ名のある家なのだろうと思っていたが、まさかこれほどとは。

「林迅。どうやら俺の母さんが生まれた家は、農家でも職人の家でもなく、大層な名家だったみたいだ」

「そのようだな」

なんでもないことのように返され、硝飛は一気に緊張した。

「ご、豪商か何かかな?」

「単純に世家《せいか》じゃないか?」

「考えないようにしてたのにサラッと言うな! どうすんだよ。俺みたいなぼんくら庶民《しょみん》があなたの妹の息子ですなんて言って現れたら、怒って追い返されるかもしれない」

動揺のあまり自分を卑下《ひげ》する硝飛に、林迅の目尻が微《かす》かに上がった。

「ありえん。庶民だろうがなんだろうがお前は立派に育っている。それに、一時は宮廷宝具師にまでなった凄腕《すごうで》の宝具師だ。顔も人並み以上に麗《うるわ》しい。誇らしく思えど、追い返す理由がどこにある」

林迅は絶対におべっかを言わない。本心から思っていることしか口にしないので、硝飛は大いに照れた。

「相変わらず直球な奴だな。ってか、褒めすぎだろう。俺の顔が人並み以上に麗しいなんて思ってるのはお前ぐらいだぞ」

ずっと林迅と一緒にいれば、自分の容姿に自信がなくなるのも当然だが、一般的に見て硝飛はたしかに見目麗しい。それを自覚していないのが硝飛の良いところでもあるのだが。

「だけど、俺自身は立派でも身分がなぁ」

「どうした、李硝飛。お前は身分など気にする人間ではないだろう。そのヌケヌケとした態度と度胸で宮廷をかき乱し、唯一無二の才覚で皇族とも堂々と立ち回った男だ。世家ごときで怯《ひる》むなどらしくない。何度も言うが、お前は世に恥じることのない人間だ。情けないのは馬に乗る時だけにしろ」

「どんだけ褒めるんだよ！　恥ずかしいからそれ以上言うな。いつもは無口なくせに、褒める時だけ饒舌《じょうぜつ》になりやがって！　そもそも、そんな風に思ってたなんて俺は今初めて知ったぞ！」

硝飛は一気に赤くなって林迅の口を手のひらで覆《おお》った。

「でもな、林迅。いくら俺が不遜な人間でもさ、なんか初めて会う身内だと思うと、こう勝手が違うんだよ」

林迅は硝飛の手を剝がすと、ふと口角を上げた。

「なんだよ、その笑い。俺が緊張してちゃおかしいかよ」

「いや……珍しいものを見たと思って」

「だー、もう！　お前、ちょっとだけよく笑うようになったのはいいけど、ツボがどこにあるのか全然わかんねぇ！」

たまらなくなって、硝飛は鞘に入った蝶輝で林迅の胸を突く。——と、邸の前でうるさくしているのが気にくわなかったのか、清家の門番たちが苛立《いらだ》ったように声を荒らげた。

「何者だ貴様ら！　先ほどから邸の前で騒ぎおって、あやしい奴らめ！」

「ここは清家の門前だぞ！　うっとうしいことこの上ない。さっさと去れ！」

問答無用で槍《やり》を突きつけられたので、硝飛はギョッとして手にしていた蝶輝ごと大きく手を振った。

「違う、違う!!　お、俺たちは、その……清貴燕殿に目通り願いたくて……！」

「宗主に？」

門番たちは一瞬にして最大限に警戒を強めた。

「俺は、清貴燕殿の妹、桜雀《おうじゃく》の……」

息子ですと硝飛が言おうとした時、一人の門番がハッとした表情で硝飛の蝶輝に釘《くぎ》付けになった。

「それは……桜雀様の……」

「なんだと？」

門番たちはなぜか硝飛の蝶輝に見入った。なにがなにやらわからず、後ずさる硝飛の顔をじっくりと観察し、門番たちは頷き合う。

「桜雀様をご存じなのか？」

「――お、俺の母です」

「――っ！」

「しょ、少々お待ちください」

門番たちはあからさまに驚き、急に丁寧な口調になって邸へと入っていった。

やがて戻ってくると、彼らは先ほどとは打って変わった柔らかな表情で、硝飛たちを邸内に招き入れてくれた。

「さぁ、どうぞ。お入りください」

「え？」

事情を聞く間もなく、二人は飛び出してきた家人たちによって立派な客間に通されてしまった。

「り、林迅。これはどういうことだ？」

またしても、蝶輝が通行証の役割を担ってくれたことに驚き、硝飛は鞘を撫《な》でた。

「俺にもわからない。先ほどの翠玲県主の行動といい、どうやら、ここではお前よりも蝶輝の方が偉いらしい。俺は褒める相手を間違えたようだ」

「どういう意味だよ！」

失礼な林迅を軽く睨《にら》んでいると、客間に続く廊下から乱暴な足音が聞こえてきた。

家人を伴《ともな》い現れたのは、鼻の下に口ひげを蓄《たくわ》えた貫禄のある男だ。歳《とし》の頃は四十過ぎ。全体的に骨格がしっかりとしていて、鋭利な瞳が武人のそれを思わせる。

男は黙ったまま硝飛と林迅を頭の上から足の先まで不躾《ぶしつけ》に睨《ね》め回した。

「蝶輝を持つのはそなたか」

不意に問われ、硝飛は我に返って拱手した。

「はい。蝶輝の主《あるじ》は私です——」

なぜ蝶輝の名を知っているのか疑問に思いつつも、きちんと名乗ろうとすると、男は言葉を遮《さえぎ》るように手を伸ばし、硝飛から蝶輝を奪った。

「——っ！」

男を咎《とが》めようとした林迅を硝飛が手で制す。林迅は硝飛以上に宝具に厳粛《げんしゅく》だ。主の手から強引に奪うなどあってはならないことなのだ。

男は蝶輝を鞘から抜き、わずかに顔を歪《ゆが》めた。が、すぐに眼差《まなざ》しを緩める。

「まさしく蝶輝だ。よく磨き込まれておる」

蝶輝の剣身を撫で、男は満足したように鞘に戻した。剣を硝飛に突き返し、男は改めて言った。

「そなたが蝶輝を持っておるということは、桜雀の息子か」

言われている意味がわからなかったが、硝飛は再度深々と拱手した。

「はい。私は李朱廉《しゅれん》と清桜雀が一子、李硝飛と申します。母の兄上がこの地に住んでいると聞き、一目お会いしたいと無礼を承知でまいりました。突然の訪問をお許しください」

「うむ。――その者は？」

貴燕が林迅に目を向けたので、硝飛が代わりに答えた。

「こちらは幼い頃に李家で私と共に育った汪《おう》林迅と申します。無理を言って旅に同行してもらっております」

林迅が硝飛に倣《なら》い拱手する。貴燕は若竹のような青年二人に眩《まぶ》しさを感じたのか、目を細めて何度も首肯《しゅこう》した。

「わしが清貴燕だ。遠路はるばるよくまいったな。まさか、このような形で桜雀の息子に会えるとは思っていなかったぞ」

貴燕は家人にお茶を申しつけ、上座に腰掛けた。二人も促《うなが》されてその場に腰を下ろす。

「素性を確かめるためとはいえ、不快な思いをさせて悪かった」

「いえ」

貴燕に謝られ、硝飛は首を横に振った。同時にホッとする。和気藹々《わきあいあい》とまではいかないまでも、貴燕の態度が軟化したからだ。

「朱廉は元気にしておるか？」

家人が運んできたお茶に口をつけ、貴燕が当然の問いを投げてくる。硝飛は残念そうに眉を寄せた。

「父は亡くなりました」

「そうか……それは知らなかった。桜雀がそなたを産んですぐ亡くなったのは十九年ほど前になるか。一度、朱廉から男児が生まれたと文《ふみ》をもらっておったが、李家とはそれきり疎遠《そえん》になっておった。……しかし、年月がたつのは早いものだな。あの文の子が立派な青年に育ったものよ」

貴燕は感慨深そうだ。

「そなた面影が桜雀に似ておるな」

「そうですか？　初めて言われました」

硝飛は母を知る人物と話すのは初めてだ。似ているなどと言われたことはなかったので、純粋に嬉《うれ》しかった。

貴燕は二人に点心《てんしん》を勧めてくれた。その中に大好物の小豆餡《あずきあん》入りの包子《パオズ》が入っていたので、硝飛は思わず頰《ほお》を緩める。他に丸い月を模した月餅《げっぺい》もあったので、二つに割ってみると中身は蓮《はす》の実の餡だった。月餅の餡は、杏《あんず》や胡桃《くるみ》入りなどたくさんあるが、蓮の実の餡の月餅は特に林迅の好物だ。

喜んでいるかと思い林迅を盗み見ると、彼は身動き一つせずじっと点心を見つめていた。表情が能面なのでなにを考えているのかわからない。

「たしか李朱廉は宮廷宝具師をしておったな。そなたも生業《なりわい》は同じか？」

「はい、私も父に倣って宝具師をしています」

「そうか。朱廉は腕前がよかったと聞いておる。そなたもかなりのものなのだろうな」

「……私など父の足元にも及びません」

「――いえ、宮廷宝具師にも匹敵する腕前です」

横で林迅が口を挟む。思わず硝飛が彼の腕を叩くと、貴燕は顔を綻《ほころ》ばせて豪快に笑った。

「そなたは良い友を持っておるようだ」

「は、はぁ。まぁ……」

話が自分に回ってきたのを見計らったのか、今までまったく喋《しゃべ》らなかった林迅が、スッと点心を横にどけて軽く頭を下げた。

「清殿。無躾ながら、一つお尋ねしたいことがございます」

「なんだ、申してみよ」

「はい。硝飛の宝具、蝶輝についてです。城壁の前で偶然にも翠玲県主にお会いしましたが、あの方はこの蝶輝を見て、我らが城門を通れるように門兵に口添えをしてくださいました。この清家の門番も、蝶輝を見て顔色を変えた。そして、あなたも硝飛から素性を聞く前に、まず蝶輝を確かめられた。いったいなぜなのでしょうか」

「ほう、翠玲県主が……」

貴燕は顎《あご》を撫でると、硝飛を手招いて蝶輝を差し出させた。

「県主はたまたまこの紋様を目に留められたのだろう」

そう言って貴燕が指さしたのは鞘と剣格に施《ほどこ》された細工だった。流線型に簡素化されているが、よく見ると蝶だ。

「これは、我が清家の家紋だ。これを見て県主はそなたたちが清家の身内だと判断したのだろう」

「清家の家紋?」

目を丸くする硝飛に、貴燕は己の剣を見せてくれた。蝶輝と同じ紋様が剣格に刻まれている。硝飛は唖然として蝶輝に見入った。

「ちょっと、待ってください。これは父が俺に授けてくれた宝具です。剣も父が鋳造《ちゅうぞう》したものだと……」

「朱廉は本当にそのように申しておったのか?」

「い、いえ……」

そういえば、父の口からは一度もそんなことは聞いていない。硝飛が勝手に父が鋳造したものだと思い込んでいただけだ。

「その蝶輝は元々は桜雀の宝具だったのだ」

「え!?」

「我らの父は桜雀が成人を迎える前に亡くなっておったゆえ、わしがあれの成人の儀に蝶輝を授けた。桜雀は幼い頃から家紋である蝶が好きだったからな。剣身の細工を見て子供のように喜んでおったわ」

「私も蝶が好きです」

思わぬところで母との繋《つな》がりを感じ、硝飛は目を細めた。成人と同時にいつも共にあった宝具が、まさか母の形見だったとは。

普通、宝具は授けられた者が自《みずか》ら名をつけるが、蝶輝は最初から父が名をつけていた。不思議に思っていたが、そういう理由だったのか。

父ならばいくらでも新しい剣を鋳造できただろうが、あえて蝶輝を硝飛に授けてくれたに違いない。

「父さんも、それならそうと言ってくれればいいのに」

「朱廉にもなにか思うことがあったのだろう」

「そうでしょうか」

貴燕の言葉に、硝飛は曖昧《あいまい》に返す。父はどうしてだか母のことを多く語らなかった。蝶輝もその一つだったのかもしれない。

「貴燕伯父さん。……あ、いや。伯父上」

「邸の者の前でなければ好きに呼んで構わん」

つい素を出した硝飛に貴燕は笑った。

「すみません。どうも堅苦しいのが苦手な性分で」

「桜雀もそうであった。殊勝なのは墨東王と父上の前でだけだ」

「墨東王……？」

桜雀はそんなに気軽に国王と会える立場だったのだろうか。

「母はなぜ墨東国から遠く離れた彩京で、父と結ばれたんでしょうか？」

「ん？　うむ」

貴燕は渋い顔をして腕を組んだ。昔を思い出して辟易《へきえき》としているようだ。

「墨東国が龍貴国の諜報《ちょうほう》を担う国だということは知っておるか？」

「はい」

それは西琉国《さいりゅうこく》も同じだ。少し知識のある者なら皆知っている。

「我が清家は国王直属の諜報官を代々輩出する家系でな。桜雀もその一人だった」

「え？」

硝飛にとっては寝耳に水なことばかりだ。

「桜雀はその名のとおり孔雀《くじゃく》のように華やかな容姿を持った美しい娘だったが、女だてらに腕がたってな。この城郭内で桜雀を知らぬ者はいないほどの剣客《けんかく》であった。兄のわしでさえ、あやつに勝つのは苦労した」

「はぁ」

「いつしか桜雀は『夜叉《やしゃ》孔雀』と呼ばれるようになってな。女人《にょにん》たちからは慕われておったが、男たちからは恐れられておった。だから、あれの宝具である蝶輝を知る者がここには多いのだ。まぁ、若い翠玲県主がそこまで知っていたとは思えんがな」

「な、なるほど」

想像していた母親像とはまったく違ったので、硝飛は相づちを打つのが精一杯だ。しとやかで、桜の咲く春のような女性だと思っていたが、実体は夜叉孔雀だったとは。

林迅を見ると、彼は目をスッと横に逸《そ》らした。理想と現実は違うものだと言われているようだった。

「わしは桜雀がこのまま一生嫁にいけぬのではないかと悩んでおったが、二十年以上前のある日、仕事で彩京に行ったままプツリと消息が途絶えてな。仕事にしくじりでもしたのかと配下の者を向かわせようとした矢先にあれから文が届いたのだ。――宮廷宝具師李朱廉と婚姻《こんいん》を結んだと……」

「せ、生家に断りもなくですか？」

「ああ。そもそもあれには生家の了承など無意味だったのだろう」

貴燕は過去の心労を思い出したのか深い溜め息をついた。

「母は、かなり破天荒な人だったんですね……」

「幼い頃から手を焼かされたが、トドメがあれではな」

貴燕は昔日《せきじつ》を懐かしむように熱い茶をゆっくりと飲んだ。

「当然、わしはとにかく一度帰ってこいとさんざん文を出したが、なしのつぶてでな。業を煮やしておったところに、産後の肥立《ひだ》ちが悪く桜雀が亡くなったと朱廉から文が届いたのだ。——あやつとは城都に向かう前に軽く言葉を交わしたきりになってしまった」

「伯父さん……」

言葉もない硝飛の顔を見て、貴燕はふと笑った。

「まぁ、それも桜雀らしいと言えばらしいのだがな。そなたはあれの悪い気質を受け継いではいまいな」

「……」

硝飛はすぐに頷くことができない。林迅もそっぽを向いて助け船を出してはくれなかった。この時ほど嘘《うそ》がつけない自分たちの性分が憎いと思ったことはない。

「まぁ、こうしてそなたが会いに来てくれたのだ。あの兄不幸な妹のことは忘れよう」

貴燕は話を断ち切るように膝《ひざ》を叩いた。

「そなたたち、墨東国に滞在する間は我が邸で寝泊まりするといい。家の者たちも桜雀の息子だと聞けば歓迎してくれよう」

「はい。ありがとうございます」

硝飛は心から感謝し、深々と頭を下げた。

母のことはいろいろ衝撃だったが、思ったよりも伯父が優しい人でよかった。ここにいれば、自分の人生の基盤となるものがたくさん得られる気がする。

期待に胸を膨らませる一方で、硝飛はふと清家が諜報活動を担う家だったことを思い出した。

貴燕の耳にならば、西の森の失踪《しっそう》事件に関する情報が入っているかもしれない。

「そういえば伯父さん、西の森……郡境付近で村人や旅の者の失踪が相次いでるそうなんですが、聞いたことはありませんか？」

「郡境でか」

「はい。俺たちも墨東国に入る前に耳にしたんですが、働き盛りの男ばかりが消えているそうなんです。周辺の村の者に尋ねても皆知らないらしくて……。伯父さんならなにか知っているのではと」

「……ふむ」

貴燕は顎をさする。何事か考えているようだ。

「そう言った話を配下の者から聞いたことはある」

「え？」

清家の宗主の耳に入っているなら、墨東国側も承知の事実なのだろう。知らないのは庶民だけなのかもしれない。

「だが、あくまで噂《うわさ》の域を出ん。そもそも失踪に何者かが関わっている確証もない。それに郡境での話なら、我ら墨東国の者は迂闊《うかつ》に動けんからな」

貴燕は話が本当だとしても、隣の郡の管轄《かんかつ》だと言った。

それもそうだ。堂々と墨東国が出張っては越権行為にあたるだろう。

「失礼しました」

硝飛が頭を下げると、貴燕は「なんでも首を突っ込みたがるのは桜雀似だな」と笑った。

「今宵《こよい》はもう夜も更《ふ》けた。居室を用意するゆえ、ゆっくりと休むがよい」

貴燕が立ち上がったので、硝飛たちも腰を上げる。呼ばれた家人が顔を出し、二人を寝所へ案内しようとすると、貴燕が不意に林迅に声をかけた。

「汪殿」

「……」

振り向いた林迅に、貴燕は油断のない顔で眦《まなじり》を上げた。

「汪殿は、なぜ硝飛と共におるのだ？」

思わぬ問いに、林迅はじっと貴燕を見つめる。

「……理由が必要でしょうか？」

「いや、深い意味はないのだ。見たところ、硝飛は桜雀に似て粗野なところがあるようだ。

反面、そなたは常に冷静で品もあるように見受けられる。正反対に思えるので、少し不思議に思ってな」

林迅は貴燕から硝飛に視線を移した。林迅はなぜか貴燕ではなく硝飛に向かって言った。

「誰よりも大切な友であり、家族だからです。彼とは十年近く離れていた。これ以上の離別は私には必要ありません。それに……」

林迅は改めて貴燕に目を戻す。

「先ほど硝飛は私を旅に付き合わせていると言いましたが、本当は私が彼を付き合わせているのです」

硝飛は思わず頬を掻《か》く。林迅にこういう質問は禁句なのだ。なにせド直球なので言われた方がいたたまれなくなる。

「そうか……」

貴燕は微かに鼻で笑った。

「無粋なことを聞いたな。しかし……そなたが覡を目指しているのなら、何も疑問を抱かぬわけではあるまい?」

林迅は貴燕を見据《みす》えた。

「何を仰《おっしゃ》っているのかわかりません」

「いや、引き止めて悪かった。今後とも甥《おい》をよろしく頼む」

軽く頭を下げ、貴燕は硝飛の肩を叩いて客間を出ていった。

二人の会話の意味がわからずにいると、林迅がポツリと呟いた。

「月餅と包子の量を見たか？」

「は？」

なんの脈絡もなく問われて、硝飛は盛大に目を瞬《またた》いた。最初は照れ隠しかと思ったが、林迅はあくまで真剣だった。

「お前の方が包子が多く、俺には月餅が多く盛られていた」

「一口も口をつけなかったくせに不満だったのか？　いいだろ、お前は月餅が好きなんだから」

林迅はわずかに目を見開いた。そして軽く硝飛の頬をつねって引っ張った。

「なんだよ!?」

「伯父上に会えて嬉しいか？」

「もちろんだよ。なんだよ、今さら」

「……」

案内できずに家人が困っているので、林迅は硝飛の頬を放し、静かに客間を出ていった。

「待てよ、おい」

硝飛は頬をさすりながら、林迅に文句を言った。

2

硝飛たちが清家を訪れてから丸一日たった。

伯父は朝になると早々に出かけてしまい、ゆっくり話をする暇がなかったが、邸の者はおおむね皆よくしてくれている。

気になったのは、貴燕には家族と呼べる者がいないことだった。彼の父も母も今は亡く、妻も子供も見当たらない。邸の者に硝飛は伯母や従兄弟《いとこ》がいるなら会わせてほしいと言ったが、皆言葉を濁《にご》らせるか、いないとはっきり言うだけだった。

硝飛は寝台に横になり、天井を見つめた。なんだか目が冴えてしまって眠れない。昨日は瓦運びや経験したことのない緊張で疲れてしまい熟睡《じゅくすい》したが、今日はいろいろなことが見えてきたせいか、少し冷静に物事を考えられるようになってきた。

硝飛はゆっくりと上体を起こした。林迅は別に居室を与えられている。旅の間はずっと一緒の部屋だったので、急に別々に寝ると寂しく感じる。

そういえば、林迅の様子も少しおかしい。多くは語らないが、あまり邸の者に気を許していないようだ。

（っていうか、あいつの場合、誰に対してもそうだけどな……）

硝飛は頭を掻きながら部屋の燭台《しょくだい》に火をつけた。すると、それを待っていたようにかなり控えめに居室の外から男が声をかけてきた。

「硝飛様。もうお休みでいらっしゃいますか?」

どうやら邸の者のようだ。

「いえ、起きてます」

答えると、そっと扉が開いた。邸の者は恭しく頭を下げる。

「夜分に申し訳ございません。宗主が庭で月見酒を楽しんでいらっしゃいます。できれば硝飛様と共に月を楽しみたいと……。伯父と甥、水入らずでどうかとのことです」

「伯父上が?」

それは願ったり叶ったりだ。今日、貴燕とは会えなかったので、酒を酌《く》み交わす機会ができて嬉しい。水入らずということは、林迅には声をかけるなということだろう。

少し迷ったが、せっかくの申し出なので受けることにした。

「すぐに行きます」

外衣を羽織って居室から出ると、邸の者は硝飛を庭に案内してくれた。

広い庭には立派な東屋《あずまや》が建っており、貴燕はそこで酒を飲みながら一人で月を見上げていた。硝飛は小声で伯父に声をかける。

「独り酒をよくたしなまれるんですか?」

「ああ、わしの唯一の息抜きだ」

向かいに腰掛けた硝飛の杯に、貴燕は酒を注ぐ。

「今宵は満月だ。このまま寝るのももったいなかろう」

「はい」

美麗な円を描く月は、夜空を煌々《こうこう》と照らしている。まるで、そこだけ天神が降臨しているようだ。

「桜雀も月が好きであったな」

「母がですか？」

「ああ、あれは夜叉孔雀などと呼ばれておったが、美しいものに目がなかった。特に彩り豊かなものには少女のように顔を輝かせておった。……愛らしいものだ」

「意外です。でも、なんだか母の女人らしい一面が知れてホッとしました」

「ははは。だからわしは蝶輝にも麗しい細工を施したのだ。あれが気に入るように神経をすり減らした」

硝飛は思わず声を出して笑った。伯父の苦労がそんなところにまで及んでいたとは。

「伯父さんは母を愛していたんですね」

「ああ、愛しておった。家長として妹を導いてやらねばならんと思っていた……。だから、こうして桜雀の血を引くそなたと酒を酌み交わせるのは喜ばしい限りだ。わしには子供はおらんからよけいにな」

硝飛は再び杯に注がれた酒に目を落とす。もちろん、自分も嬉しい。だからこそ、伯父はどうして伴侶《はんりょ》を迎えず子も作らないのだろうと純粋に疑問を感じた。

「伯父さんには伴侶がいないんですか？」

「おらぬな……というより、おったという方が正しいのかもしれん」

「……」

いたというなら、死別したのだろうか。離縁ということはないだろう。

「桜雀が墨東国を出ていった後に、わしは姚紅淳《ようこうじゅん》という妻を娶《めと》ったが、十数年前に行方知れずとなった」

「——えっ⁉」

さすがに意外すぎて、硝飛はつい声を上げてしまった。死別でも離縁でもなく、失踪とは。立派な事件ではないか。

「どういうことですか？」

「わしにもわからん。紅淳はわしの子を身籠《みご》もっていた。出産間近だったが、ある日、安産を願って祠堂《しどう》に参ると邸を出て以来、帰ってこなかった」

「祠堂へ？」

祠堂とは、先祖を祀った堂のことだ。普通、名家なら各邸に備わっていることが多いが、清家は別の場所にあるのだろうか。

硝飛の疑問を感じとったのか、貴燕が答えてくれた。

「城郭内の世家の祠堂は一つにまとめて建てられているのだ。そなたも目にしたかもしれんが、東にある楼閣の下には八角形の大きな祠堂がある。中はいくつもの房に分けられていて、各世家がそれぞれの祠堂に参るようになっておるのだ」

「そうなんですか。あの荘厳《そうごん》な五重の楼閣ですよね？」

「そうだ」

なんとも珍しい造りの祠堂だ。周辺の邸のものを一つにまとめた祠堂は存在するが、わざわざ堂の中を房で仕切り、各家ごとに分けている祠堂など聞いたことがない。

「紅淳伯母さんはそこで？　誰か目撃者はいないんですか？」

「おらぬ。他に男ができて駆け落ちしたのだと口さがないことを言う者もいたが、わしは紅淳を信じて懸命に探した。だが、まるで痕跡は見つけられなかった。まさに煙のように消えたとしか言いようがない」

「……」

「それゆえ、しかたなくあれは死んだ者として腹の子共々遺体がないまま葬儀をすませ、祠堂に祀っておる」

なんとも愛情深い人だ。不貞の疑いのある妻を信じ、祠堂に祀ってまでいるなんて。

「あれを亡くして以来、新たに妻を娶る気にはどうもなれんでな……」

「無理に誰かを娶る必要はないかと」

「そうもいくまい。子がおらねば代々続いた清家が滅びてしまう」

貴燕は自嘲《じちょう》気味に笑った。伯父はまだ若い。きっと、周囲から新たな妻を娶れとせっつかれているのだろう。それでも十数年独り身を貫いてきたのは、紅淳へのなみなみならぬ愛ゆえなのかもしれない。

「……紅淳の腹にいた子は生きておれば成人を迎える歳だ。あの子にもかわいそうなことをした」

硝飛は小さく頷いて酒を口にした。なんだか苦く感じるのは気のせいだろうか。

しばらく黙って二人で月を見上げていたが、貴燕がふと硝飛の顔を見た。

「はい」

「そういえば、そなたは宝具師だったな?」

急に何を言うのかと思ったが、硝飛は瞬時に貴燕の言わんとしてることを察した。

「もしかして、紅淳伯母さんのお腹《なか》の子に宝具を?」

「そうだ！」

貴燕の瞳が一気に輝いた。

「腹の子が成人を迎える年に、清家に連なる宝具師が現れてくれたのは運命なのかもしれん。あの子のために冥祝《めいしゆく》をしてやりたい」

「冥祝ですか……」

林迅の言葉が脳裏をよぎる。冥祝は死者の未練を呼び起こすので推奨されないと言っていた。

（けど、長年墨東国で行われてきた風習なら大きな問題は起こってないってことじゃないのか？）

だから、中央も表だって禁止にしていないのだろう。

硝飛は一瞬だけ逡巡《しゆんじゆん》したが、情が深い伯父の願いを断る選択肢などなかった。

「鍛冶《かじ》場があれば、力になれると思います」

「本当か！」

伯父はこんなに嬉しそうな顔ができるのかと硝飛は驚いた。まるで子供のようだ。

「鍛冶場ならこの城郭内にもある。わしの名を出せばいつでも使えるように頼んでおこう」

「任せてください」

これほど自分の職業が宝具師でよかったと思ったことはない。

硝飛は唯一の肉親である伯父のため、そしてこの世に出ることができなかった従兄弟のために、自分の力を尽くそうと心に誓った。

第三章　それぞれの疑惑

1

暗闇《くらやみ》の中、一人の女人《にょにん》が小さな灯《あか》りを頼りに進んでいた。ふとよろめいて、身体《からだ》を預けた壁は荒い岩肌だ。

女人は足元に注意しながら歩を進めていく。手にした漆《うるし》塗りの三段岡もちは、いろいろな物を詰め込んだせいで重かったが、苦にはならなかった。

やがて岩肌に囲まれた牢が見えてきた。女人が鉄格子《てつごうし》の前に立つと、牢の中の人物が顔を上げて女人に微笑《ほほえ》んだ。慈《いつく》しむような眼差《まなざ》しを受け、女人は岡もちを開けた。

「今日は、蜜柑《みかん》を持ってきました。お気に召されるといいのですが」

女人がそう言って不安そうに蜜柑を差し出すと、牢の中の人物は細い腕を伸ばしてそれを受け取った。蜜柑は大好物なのだと語る人物に、女人は安堵《あんど》して笑みを浮かべた。

2

翌日、硝飛《しょうひ》は林迅《りんじん》を伴《ともな》い貴燕《きえん》から紹介された鍛冶《かじ》屋のもとへと向かった。

硝飛のように個人でやっているこぢんまりとした鍛冶屋だと思っていたが、予想外に大きい建物で驚いた。中に入ると、複数の職人が鍛冶や鋳造《ちゅうぞう》を休みなく行っている。もうこれは鍛冶屋というより工場の方が正しいだろう。

「あんたが李《り》硝飛かい？　清《せい》家から話は聞いてるよ」

工場の責任者らしき男が、硝飛たちを見て大声で話しかけてきた。金属を打つ音で工場内がうるさいからだ。男の名は珉《みん》というらしい。

「見てのとおり、うちはみんな忙しくしててね。手伝いたいが手が空いてる者がいなくてな。悪いが好きにやってくれるかい」

「ありがとう！」

気前よく言われたので珉に礼を言い、硝飛は林迅に向き直った。

「──ということだから、林迅」

「ああ」

林迅は一通り工場内を見回すと、気が済んだように頷《うなず》いた。ここに林迅がいても何もすることがないので、別行動をすることにしたのだ。

彼は彼でなにやらやりたいことがあるらしい。わざわざ鍛冶屋までついてこなくていいと硝飛は言ったのだが、どんなところか見てみたいと林迅が譲らなかったので、ここまで一緒にやってきたのだ。

「昼過ぎに一度様子を見に来る」

「いいって。久々に俺と離れられるんだから、ゆっくり羽を伸ばしてこいよ」

背を向けた林迅に冗談で言うと、彼はわざわざ振り向いて硝飛を睨《にら》んだ。

「ごめん」

思えば彼は朝から機嫌が悪かった。

顔を合わせて一番に冥祝《めいしゅく》の宝具《ほうぐ》を作ると言うと、だめだと一蹴《いっしゅう》し、その後は取り付く島もなかった。中央では冥祝を推奨していないと言っていたから、この反応は想像していたが、思った以上に頑《かたく》なで説得に苦労した。最終的には失踪《しっそう》した伯母のことを切々と話し、泣き落としでようやく了承を得たのだ。

(だいたい、俺がやりたいことをやるのに、なんで林迅の承諾がいるんだよ?)

よっぽど言ってやりたかったが、ぐっと堪《こら》えた。そんなことを言えば、林迅は寂しそうに目を伏せて、後は無言になってしまうからだ。あんな表情をさせるくらいなら、怒っていてくれた方がマシだ。

愛想笑いで林迅に手を振ると、林迅は相変わらずむっつりしたまま、工場を出ていった。

「なんだ？　えらい綺麗《きれい》な兄ちゃんだけど、死ぬほどおっかねぇな」

「触ると凍傷になるから、気をつけろ」

林迅が聞いていないのをいいことに軽口を叩き、硝飛は気を取り直して使えそうな場所を探した。工場の端に炉《ろ》と鍛冶台がある。あそこなら、みんなの邪魔にはならないだろう。

「おじさん、あそこを使わせてもらうよ」

「ああ、好きにしな」

了承を得たので、さっそく鍛冶台に向かうと、おかしなことに気がついた。

職人が作っているのは、つるはしや鍬《くわ》、鎚《つち》といった工事道具だ。城郭《じょうかく》内にある工場だからてっきり剣や鎧《よろい》などの武具を中心に作製しているのかと思ったが、ここでは誰も作っていない。

「剣の鋳造とかしてないのか？」

つるはしの先端を鍛えている職人に何気なく聞いてみると、職人は思いっきり金槌《かなづち》を振り下ろしながら答えてくれた。

「ああ、一カ月ほど前まで、俺たちは武具を専門に作ってたんだが、今は工事道具ばかり注文が入るんだよ」

「あー。たしかに地震で建物の修繕が必要だもんな」

言いつつ、硝飛は首を傾《かし》げた。ここで作られているのは、建物の修繕というより鉱山で硬い山場を掘り進める道具といった方がいいかもしれない。もちろん、復興に必要な道具と被るものもあるのだが。

「壁外の村とか被害がすごかったしな」

「あ？　俺たちが壁外の注文を受けるわけないだろ。あいつらには壁外の鍛冶屋がいる」

「そうか。じゃあ、これはどこの注文なんだ？」

「城だよ」

硝飛は思わず目を見開いた。城からの注文ならば、城の修繕に使用するのだろうか。いや、それにしてもおかしい。城郭内の建物は壁外に比べて被害が少ない。その中で一番頑丈なのは城だろう。

「見てみろよ」

男は顎《あご》で炉の近くにある鉄くずをさした。

見ると、折れたつるはしが積まれている。これを再利用して新たな道具を作製するのだ。

「城から時々下ろされるんだが、その数が半端じゃねぇ。いったいどんだけ硬いもんを掘ってるんだか」

職人は肩をすくめた。

硝飛は周辺に目をやる。たしかに折れた工事道具が所狭しと積まれていた。

「じゃあ、人足《にんそく》もかなり必要だろうな」

「人足？　まぁたしかに、こんだけのもんを使うなら人足もかなり雇われてるだろうな……。けど、そんなに大勢の人足が城郭内に入ってきたなんて話は聞かねぇんだがな」

「人足が雇われてない？　じゃあ、この道具を使ってるのは兵士なのか？」

「そんなこと知らねぇよ。俺らは発注通りの品を期限までに届けるだけだからな」

「そうか、そうだよな。邪魔してごめん」

硝飛は詫《わ》びて、職人から離れた。

城が中心となってどこかを掘削《くっさく》しているのは間違いないが、これだけの道具を使用し、なおかつ折るなど、よほど大がかりな工事だ。人足は相当数必要だろう。とはいえ、国の護《まも》りの要《かなめ》である兵士をそこにばかり割くわけにもいかないはずだ。

（なのに、人足を大勢雇った形跡がない？）

となると、人足はどこから連れてこられたのだろうか。

硝飛は不穏なものを感じて、改めて工場内を見回した。

3

硝飛と別れて約一刻。汪《おう》林迅の姿は茶楼《さろう》にあった。この茶楼は二階建てになっていて、二階の吹き抜け側に座れば茶楼全体が見渡せるようになっている。

茶と月餅《げっぺい》を頼むと、小さな丸い菓子が二つ皿に盛られてきた。それを見て、林迅は年配の女店員に声をかけた。

「すまない。少し、話を聞いてもいいだろうか？」

「はい！」

店員は思いがけず林迅に話しかけられて声をひっくり返した。林迅の美貌《びぼう》は年配女性でさえもただの乙女に変えてしまう。林迅はそれには気づかぬふりをして月餅に目を落とした。

「この月餅の中身は蓮《はす》の実の餡《あん》だろうか？」

「いいえ。小豆《あずき》の餡です」

「そうか。蓮の実入りの月餅は置いているか？」

「すみません。この辺じゃ蓮の実はなかなか採《と》れなくて。ご不満なら別の点心《てんしん》に変えましょうか？」

「いや、これでいい」

林迅はお茶にも手をつけず、じっと月餅を見つめる。そもそも蓮の実が収穫できるのは夏。出回る時期はまだ先だ。

となると、清家でもてなされた蓮の実の餡の月餅がますます気になる。清家は前もって蓮の実の餡の月餅を用意していたと考えていい。

硝飛は取るに足らないことだと言ったが、林迅にはどうしてもそうは思えなかった。硝飛が小豆餡入りの包子《パオズ》、林迅が蓮の実の餡の月餅。まるで、それぞれの好物をあらかじめ知っていたかのようだ。

それに、もう一つ。清貴燕は林迅が覡《かんなぎ》を目指す者であることを知っていた。

――なぜだ？

貴燕は、朱廉《しゅれん》や桜雀《おうじゃく》とは硝飛が生まれて以降、交流はなかったと言っていた。つまり二人の息子である硝飛や共に育った林迅のことなど、まったく知らないはずだ。ましてや好物などよけいにだ。

（李おじさんとの交流はなくとも、清家は硝飛のことをよく調べていたということか……？）

清家が諜報《ちょうほう》を担う家柄なら、甥《おい》のことを調べるのは簡単なことだろう。きっと、硝飛の父が亡くなった話も貴燕の耳に入っていたはずだ。それならそれでもいい。問題は貴燕がなぜその事実を隠すのかということだ。

「……」

普段の硝飛ならこんな些細《ささい》な引っかかりでも、すぐに気づいて貴燕に指摘しただろう。基本的に彼は頭の回転が速く、驚くほど機転がきく。皇帝の宝具捜索の時も、行き詰まるたびに彼に助けられた。だが、今は身内に会えた興奮と、灰色だった母の面影に色がついた喜びで、思考を止めてしまっているのだ。

いや、気づいていても騒ぐほどのことではないと思ったのかもしれない。小さなことで伯父を疑いたくなかったのだろう。当の林迅もそうだ。いつになく舞い上がっている彼に、貴燕に不審を抱いてるなどとは言えなかった。

そんなことで硝飛の笑顔を曇《くも》らせたくなかったからだ。

実は林迅は、この茶楼に入る前に清家について幾人かに聞き込みをしていた。かつて身《み》重《おも》の夫人が失踪したこと、硝飛の母が周囲になんと思われていたかなど。貴燕が硝飛に語った諸々《もろもろ》のことに偽《いつわ》りは一つもなかった。だからこそ、気になるのだ。なぜ、硝飛のことを何も知らないふりをしたのかが。

（本人に直接聞いた方がいいのかもしれないいな）

自分の思い過ごしであってほしいと願い、林迅は深く息を吸い込んだ。

林迅が考え込んでいると、店員が遠慮がちに声をかけてきた。

「あの、もういいですか？」

「ああ、失礼した。——姑娘《クーニャン》、もう一つ聞きたいことがあるのだが」

けっして姑娘と呼ばれる年齢ではない店員は、ポッと頬《ほお》を赤らめて林迅の肩を叩いた。

「やだ、もう！　あたしゃ五十ですよ！　いったいいくつに見えてるんだか！　お兄さんいい男の上に女泣かせですねぇ！」

女性に声をかける時は、いくつに見えてもとりあえず姑娘と言っておけば間違いがないと硝飛に言われていたが、それは本当だったようだ。

友のあざとい処世術に感謝しながら、林迅は続けた。

「姑娘は清貴燕殿をご存じか？」

「清宗主？　そりゃね、城郭内にいて清家を知らぬ者なんていませんよ」

「さきほど、清貴燕殿の奥方である姚紅淳《ようこうじゅん》殿が十数年前に失踪したという話を聞いたのだが、それは本当だろうか？」

「あら、お客さん。ずいぶん古い話をするんだね。紅淳様が失踪したのは本当だよ」

次第に打ち解けてきたのか、店員の口調も軽くなる。

「当時は清様も必死に探されてたけど、手掛かり一つなくてね。一月後には、紅淳様の失踪時に付き従っていた侍女の遺体が、壁外の川から上がったたって話も流れてね」

「侍女の遺体が上がったのか？」

「ああ、そうだよ。かわいそうに斬《き》り殺されて川にぶち込まれてたらしいんだ。あの分じゃ紅淳様も生きちゃいないだろうって、当時はみんな噂《うわさ》してたよ」

「……」

林迅は少し考え込み、店員に三度尋ねた。

「その侍女の名は？」

「あー。たしか、唐《とう》……唐良亜《りょうあ》っていったっけかね。元気な時に娘を連れてよくこの茶楼に来てくれてたから覚えてるよ。ニコニコと笑う可愛《かわい》らしい子だった」

「唐良亜……。その娘は今もここに？」

「それがね」

店員は気の毒そうに眉を歪《ゆが》めた。

「娘も母親の遺体が上がったと同時に行方不明になっちまったのさ。当時十一、二歳だったかねぇ」

「――？」

年端もいかない幼い娘まで行方不明になったとはどういうことだ。しかも、母の遺体が上がってすぐとは。

「もし生きてたとしても、結婚も無理だろうし、幸せにはなってないだろうね」

「結婚が無理とはどうしてだ」

店員は同じ女として辛そうに言った。

「あの子は幼い頃に火事に巻きこまれてね。左の腕にひどい火傷《やけど》を負っちまったのさ。一度見せてもらったことがあるが、そりゃひどいもんだった。大きくなっても痕《あと》は残ると思うよ。あれは」

「そうか……」

林迅は一つ一つの情報を頭で整理する。

「唐良亜殿の墓は城郭内にあるのだろうか？」

「ああ。あると思うよ。だけど、唐良亜の身内はその娘以外誰もいなくてね。かわいそうだけど東の無縁墓地に埋められたんだよ」

「無縁墓地……」

「あそこは無縁仏《ぼとけ》ばかりだからね。参る者がいないので荒れ放題さ」

自分はあそこに埋められたくないと店員が呟《つぶや》くと、階下から男の怒鳴り声が響いた。

「──おい、お前そんなところで何してんだ！　お客様に迷惑かけるんじゃねぇよ！」

どうやら店員がサボっていると勘違いした店主のようだ。

「叱《しか》られてしまったな。仕事の邪魔をして悪かった」

謝ると、店員は一つも気にしていない様子で笑って去っていった。

林迅はここでようやく茶杯に口をつける。

茶の香りを身体中にいきわたらせ、絡まった糸を解こうと瞑想《めいそう》がてら瞳を閉じたその時だった。

「──お客さん、大丈夫かい？」

一階が急に騒がしくなった。目を開けて吹き抜けの下を見ると、一人の女人が床にうずくまっていた。それを心配そうに見ているのは店員と客たちだ。林迅は倭刀《わとう》を掴《つか》み、素早く一階へ下りた。

「姑娘、どうした？」

女人の側に膝《ひざ》をつくと、彼女は苦しそうな顔で林迅を見た。頬にそばかすが目立ち、勝ち気そうな瞳が印象的だ。栄養状態が悪いのか、かなり痩《や》せていて顔色も悪い。髪の色も日に焼けすぎたせいか赤茶けていた。一目見て苦労してきたことが窺《うかが》えるが、着ているものはそれなりだ。そのちぐはぐさが気になったが、今はそれどころではない。

目に涙をため、額《ひたい》に脂《あぶら》汗をかいているので、林迅は店員に手拭《てぬぐ》いを持ってこさせた。

「落ち着いて、ゆっくりと息をして」

額の汗を拭いながら、林迅は彼女の心臓辺りに手をかざした。

「すみません……。急に……胸が苦しくなって」

懸命に状況を喋《しゃべ》ろうとする彼女を林迅は止める。

「喋らなくていい。少し血の巡りが悪いようだ」

林迅は心臓に自然の精気を注ぎ込んだ。覡なら誰もが使える治癒《ちゆ》の術だ。女の顔色が徐々によくなり、呼吸も軽くなってきた。

「ああ、不思議。ずいぶんと楽になりました」

女は先ほどまでの苦痛が嘘《うそ》のように穏やかな表情になった。野次馬《やじうま》たちが安堵したように笑い合う。――と、不意に背後から拍手が響いた。林迅が振り向くと、なんと見覚えのある顔が立っているではないか。

「お前は……」

「いや、これは素晴らしいものを見せてもらった！」

満面の笑みで林迅の隣に片膝をついたのは、墨東国《ぼくとうこく》に入る前に飯屋で会った奇妙な男、緋利瑶《ひりよう》ではないか。

硝飛に馴《な》れ馴《な》れしく馬を買ってやるなどと言った男だ。そのにやけ面《づら》は忘れようにも忘れられない。

「姑娘、君は少し瘴気《しようき》に当てられやすい体質をしているようだ。だから、場所によって血の巡りが悪くなる。常にこれを持っているといい」

そう言って利瑶は女に邪気封じの護符を渡した。サッと書いた護符だが、一目見ただけで強い霊力が込められているのを感じた。

女はありがたく受け取って立ち上がった。林迅の治癒の術のおかげでもうすっかり具合はいいようだ。

「念のため、医者には行くように」

林迅がそう告げると、女は二人に何度も礼を言って茶楼を出ていった。

騒ぎが収まり、林迅も茶楼を出ていこうとすると、すかさず利瑶に肩を摑まれた。

か？」


「おいおい、せっかく運命的な再会を果たしたというのに、挨拶《あいさつ》もせずに立ち去るつもりか？」

「大仰に再会と言うほど見知ってはいないが」

「冷たいな。私はとっくに名を名乗っただろう。君はたしか林迅か。お互いの名を知っていれば、立派な知り合いだ」

「俺は名乗っていないが？」

「あんな狭い飯屋で隣あったんだ。会話は聞こえてくる」

　林迅はあからさまに嫌な顔をした。

「君の連れはどうした？」

「答える必要が？」

「手厳しいな。正直、私は君より硝飛に会いたかったんだが……。見当たらないようで残念だ」

「……」

　林迅の目が一層冷える。よく硝飛に能面だとからかわれるが、自分では好き嫌いの表情ははっきりと作っているつもりだ。

「なぜ、ここにいる。墨東国といっても広い。しかも城郭内で会うなど、できすぎているとは思わないか？」

「なんだ、まさか私をあやしんでいるのか？　心配せずとも本当に偶然だ。私は旅の道士でね、各地を周遊して修行がてら怪奇を鎮《しず》めている。ここには私の従兄弟《いとこ》がいるので寄ったまでだ」

「道士？」

林迅は改めて利瑶に向き合った。飯屋で会った時と同じように、彼は華やかな衣装に身を包んでいる。道士は基本冠巾《かんきん》をかぶり、道袍《どうほう》を着ている者が多い。彼の出で立ちは世俗的で、とても道士には見えなかった。

「私は型に嵌《は》められるのが嫌いでね」

林迅の心を読んだのか、利瑶が肩をすくめて言う。興味がないと一蹴し、林迅は去ろうとしたが、利瑶は強引に林迅の腕を摑んで近くの席に座らせた。

「まぁ、そう急ぐな。ここで会ったのも何かの縁。私は君に聞きたいことがあったんだ」

「……俺にはない」

取り付く島も与えず立ち上がろうとした林迅を、利瑶の一言が引き止めた。

「君は『邪宝具《かいぐ》』を知っているか？」

「……」

林迅が動きを止める。店員が茶器を持ってきたので、利瑶は優雅な仕草で林迅の茶杯に茶を入れた。

「その様子では知っているようだな。治癒の術を使えるということは君は覡か道士……道袍を着ていないところを見ると覡か？　覡ならば名前ぐらいは聞いたことがあるだろう」

「……」

　無言の林迅に利瑶は続ける。

「道士なんかを生業《なりわい》にしているせいか、私は邪宝具に興味があってね。一度本物を目にしたいと思っているんだ」

「邪宝具はそう簡単に世にあるものではない」

「そうだな。しかし最近、彩湖《さいこ》にある華郭島《かかくとう》で邪宝具を操る者が現れたという噂が北部の街や村で流れていてね。邪宝具と宝具は似て非なるもの。使用すれば嫌でも目立つというものだ」

　華郭島とは、龍貴国《りゅうきこく》の北部にある彩湖の中間地点にある島のことだ。ここは表向き初代皇帝龍耀《りゅうよう》帝を祀《まつ》る祭祀《さいし》場ということになっているが、本当は先々代の皇帝が造り上げた第二の後宮だ。林迅と硝飛は皇帝の宝具探しの際に、この島を訪れている。

「君は彩京《さいきょう》の覡なのだろう？　なにか詳しい話を耳にしていないか？」

　なぜ、彩京の者だとわかるのだと指摘はしなかった。先ほど彼が言ったように、飯屋での会話を聞かれていたのなら、林迅の素性など察しがつくからだ。

「俺は覡ではない。まだ修行中の身だ。そのような者に邪宝具の話など入ってくるわけがない」

「そうか。君は正式な覡ではないのか。それなら、知らないかもしれないな」

男の顔がやたらとにやついているのが腹立たしい。

「くだらない話で引き止めて悪かった」

利瑶に謝罪され、林迅は卓に銀を置いて今度こそ席を立つ。礼もとらず背を向けた林迅に利瑶が言った。

「硝飛に伝えてくれ。馬ならいつでもこの私が買ってやるとな。青毛がいいか？　硝飛なら白馬も似合うかもしれない」

「結構だ。馬なら俺が買う」

「これは意外だ。君は拒んでいたはずだが？」

「お前には関係ない」

更に言葉を紡《つむ》ごうとした利瑶に耳を傾けず、林迅は茶楼を出た。

なぜか胸の辺りが不快だ。そのせいではっきりと自覚してしまった。自分は緋利瑶が心底嫌いなのだと。

林迅は基本的に人を嫌いだと思ったことがない。それは自分にとって好ましい者と、それ以外の者にはっきりと分かれているからだ。

よく硝飛にお前は人を内側と外側に分けていると言われるが、彼の言う外側の者が、自分に攻撃を仕掛けてきてもどうでもよかった。必要ならば排除する。ただそれだけだからだ。

だが、緋利瑶は違う。今はっきりとこの感情が厭《いと》わしいと言っている。

正直、邪宝具の話をされた時は動揺が顔に表れそうになった。利瑶の言う華郭島に現れた邪宝具を操る者にまったく心当たりがないわけではないからだ。

緋利瑶という男は得体が知れない分、最大限に警戒すべき人物なのかもしれない。

自分でも自覚するほど怖い顔で茶楼を睨んでいると、いきなり先ほど話を聞いていた女店員が飛び出してきた。

「ちょっとお兄さん。さっき具合を悪くしてた女人を見なかったかい？」

「いや。俺が出てきた時はもう姿がなかったが」

「そうかい、そうだよね……」

店員はそれでも辺りをキョロキョロと見回していたが、目当ての者が見えないとわかると、肩を落として店に引っ込もうとした。

気になってわけを尋ねると、店員は困ったように眉を寄せた。

「いえね。あの女人が座っていた卓の下でこれを見つけたんですけどね」

店員がそう言って林迅に見せたのは、丸い水晶の根付けだった。しかも、水晶には清家の家紋が彫られているではないか。

「これは……」

家紋入りの水晶は、根付けや房飾りにして生まれたばかりの子供に魔除けとして授けるものだ。この風習は古くから龍貴国にあり、今では比較的裕福な世家《せいか》のみが行っている。

清家の家紋入りということは、持ち主は清家の血筋ということになるが、あの女人がそうだというのだろうか。

「彼女を知っているのか？」

「いいえ。初めて見る顔だよ。清家でも見かけたことないけどね」

あとでお邸《やしき》に届けるしかないかと、店員がめんどくさそうにぼやくので、林迅はとっさに手を差し出した。

「俺は清家の客だ。ついでに誰かに渡しておこう」

そう言うと、店員はパッと顔を輝かせた。

「本当かい？　悪いね」

煩《わずら》わしいことから解放されて、店員は嬉《うれ》しそうに店に戻っていった。

林迅はもう一度じっくりと根付けを眺めて懐《ふところ》にしまった。普通、魔除けの水晶は宝具を授かる成人の儀を終えると手放すものだ。ゆえに、持ち主は限られている。

――清家の成人していない子か、我が子の出産を控えた親。

女人の血の巡りを見た時、少なくとも妊娠はしていなかった。とすれば、どちらにも当てはまらないはずだ。

利瑶が後をつけていないことを確かめながら、林迅は街路を歩く。

やがて林迅は、店員に教えてもらった東の無縁墓地に辿《たど》り着いた。

日当たりが悪いその場所は一応墓地の体裁は保っているが、店員の言うとおり荒れ放題だった。参る者がいないとは、なんとも寂しいことだと墓地に眠る死者に同情しながら、林迅は唐良亜の墓を探した。すると、一カ所だけ奇妙な墓があることに気がついた。

他の墓の周辺は草が生え放題で、墓碑《ぼひ》も苔《こけ》むしたものばかりなのに、その墓の周りだけ草一本生えていない。もちろん、墓碑にも苔などなかった。しかも、今朝切られたばかりと思われる花まで供えてある。

「誰かが参っているのか？」

見ると、墓碑に唐良亜と刻まれているではないか。

林迅はわずかに目を開いて、周辺の土に触れてみた。

土の軟らかさから見て、草がむしられたのはつい最近のようだ。

「……」

唐良亜には行方不明の娘以外、身内は一人もいないと言っていた。いったい、誰が彼女の墓に参っているのだろうか。

4

工場の職人たちが皆それぞれ昼餉《ひるげ》に向かう中、李硝飛は鍛冶台の前で腕を組み、かれこれ一刻以上も微動だにできずにいた。

(困った……)

正式な宝具師になって三年ほどになるが、こんなことは初めてだ。

作製したい宝具がまったく浮かばないのだ。

本来、宝具は依頼人の身内のために作るものだ。それゆえ、親類から宝具を授かる人物の人となりを聞いたり、本人に直接会ったりして着想を得る。その際、何を宝具にしたいのかきちんと聞き取りし、後は直感の赴《おもむ》くままに鍛冶台に向かえば、自分の霊力が思うとおりの宝具を自然と作製してくれるのだが、今回ばかりはどうも勝手が違った。

そもそも、硝飛は死者のための宝具など作製したことがない。しかも、死者どころか、相手は生まれてもいない胎児《たいじ》だ。人となりどころか、その魂魄《こんぱく》さえ完璧ではない者から着想を得ることがこんなに難しいとは思わなかった。おまけに男か女かもわからないのだ。

「う〜ん」

ずっと唸《うな》ってばかりいる硝飛を見かねたのか、工場の責任者である珉が声をかけてきた。

「あんた、ただそこでじっとしてても、なにも出来上がらないぜ」

「わかってるけど、どうもいつもと勝手が違ってさ」

「まぁ、しかたがねぇよな。冥祝が盛んな墨東国でも、さすがに胎児の宝具を打った宝具師はいねぇだろうよ」

「やっぱりそうだよな」

ますます硝飛が唸ると、珉が名案を授けてくれた。

「清家の祠堂《しどう》に参ってみたらどうだい？」

「祠堂に？」

「ああ。聞けば貴燕殿の夫人は祠堂に祀られてるっていうじゃねぇか。だったら行ってみない手はない。なにか直感が働くかもしれないぜ」

「そうだな」

清家の祠堂にはいずれ参ろうと思っていたので、これは好都合かもしれない。

「世家の祠堂は東の楼閣の下にあるんだよな？」

「ああ。ただ、あそこはかなり複雑な構造になってての。一般的には迷楼閣《めいろうかく》なんて呼ばれてるんだ。行き慣れた者でも迷う奴が多い。気をつけて行くんだぜ」

「祠堂内が迷路になってるのか？」

「俺は世家じゃねぇから詳しくは知らねぇが、なんでもわざと何もない房や行き止まりの壁を増やしているらしい。各世家の祠堂が連なってる場所だから、邪気を跳ね返す作用を強めるためにそういう造りにしてるようだ」

「へぇ」

聞けば聞くほど珍しい祠堂だ。だが、今の硝飛には行かないという選択肢はない。

さっそく足を向けようと思ったが、そろそろ林迅が戻ってくる頃だ。一言いってからの方がいいと判断したその時、

「――硝飛」

約束通り、林迅が戻ってきた。なんだかずいぶんと懐かしく感じ、硝飛は笑顔になる。

「林迅！　ちょうどいいところに来たな。俺、今から清家の祠堂に参ろうと思うんだ」

「祠堂に？」

「ああ。どうも宝具の着想が得られなくてさ。本人に会いに祠堂に入ってみようと思って」

「……なるほど」

硝飛の言葉だけで全てを察したのか、林迅は頷くと「俺も行く」と言った。

「え？　清家の祠堂だぜ？　お前が参るなら龍耀帝の廟《びょう》の方がよくないか？」

「俺も行く」

なぜか重ねて強く言われたので、硝飛は目を瞬《またた》いた。

「ああ、そう？　そこまで言うなら止めないけど。物好きな奴だな」

そんなに暇なのかとからかうと、林迅が一瞥《いちべつ》した。怒ってはいないが呆《あき》れているようだ。

硝飛は珉に礼を言って、林迅と共に工場を後にした。

「なんでも祠堂は迷楼閣って言われるほど入り組んでるんだってさ。お前迷子になるなよ」

「それはこっちの台詞《せりふ》だ」

それもそうだ。いつもチョロチョロしているのは硝飛の方だ。迷うなら高確率で硝飛だろう。

適当な飯屋で腹ごなしをすませ、二人は祠堂に向かう。その道中、硝飛はふと思い出したように林迅を見た。

「そういえばさ、工場でちょっと気になるものを見たんだ」

「気になるもの?」

「大量の工事道具の鉄くずだよ。あと、あそこの職人は武具じゃなくて、皆つるはしや槌とか工事道具ばかりを作ってた」

「工事道具……?」

「一カ月前の地震後に城からの発注が増えたらしい」

「城はそんなに損傷が激しいのか?　城郭内の他の建物はそこまではないように見えるが」

「うーん。わからないけどさ、ただ引っかかるのは、それだけ大量に発注してるわりには人足が城郭内に入ってきたっていう話がないことなんだよ」

「人足がいないなら誰が使ってるんだ」

「だろ？　これ、妙に気にならないか？」

林迅はしばらく黙っていたが、意図的に声を潜めて言った。

「郡境での失踪事件と関わりがあると思っているのか？」

「いや。そこまでは、さすがに……。ただ、郡境で失踪してるのが働き盛りの男ばかりってのがな……」

「人足代わりに城の者が攫《さら》っていると？」

「だから、そこまでは言ってないって。――もしそうなら、なんで正式に人足を雇わないのかとか、わざわざ国の者じゃなくて郡境の者を攫う必要はなんなのかとか、いろいろ深く考えなきゃならないだろ」

硝飛は自信がなさそうに頭を掻《か》いた。ふと林迅の強い視線を感じて、顔を上げる。

「なんだよ。人の顔をじっと見て」

「いや……。いつもの聡い お前だなと思って」

「はぁ？　俺はいつでも賢いだろ？」

不満そうに硝飛は下唇を突き出す。

「そうだな」

穏やかに返されたので、硝飛は拍子抜けした。

「で、お前は今まで何をしてたんだ？」

今度は自分と離れている間のことを尋ねてみると、なにか嫌なことがあったのか、林迅はわずかに顔をしかめた。

「どうしたんだよ」

心配する硝飛に軽く首を振り、林迅は気を取り直したように口を開いた。

「別件だが、俺も気になる話を聞いた」

「なんだよ」

「清貴燕殿の奥方が失踪した事件だが、奥方の失踪後に付き従っていた侍女の遺体が壁外の川で見つかったらしい」

「壁外の川？　それってまさか」

「斬り殺されていたそうだ」

「嘘だろ」

硝飛は絶句した。

姿が消えただけなら自《みずか》らの失踪ということも考えられるが、殺された者が出たとなると、第三者の関与が疑われる。姚《よう》紅淳は、何者かの手によって拉致《らち》された可能性が濃厚だということではないか。

「いったい、誰が紅淳伯母さんを……」

「それはわからない。それと、もう一つ。俺は殺された侍女の墓に行ってみたんだが、無縁墓地なのに、最近誰かが参っている形跡があった」

「最近？」

「ああ。侍女の墓だけ綺麗に清掃され、瑞々《みずみず》しい花まで供えてあった」

「変な話だな……知り合いが参ってるのかな？」

「さぁな。──それと妙なものを預かった……」

林迅は茶楼での店員とのやりとりを語りながら、水晶の根付けを懐から取り出した。

硝飛の目がこれでもかと大きく見開く。

「清家の家紋入り水晶？　なんでそんなものをその女人が」

「わからない。身なりはきちんとしていたが、かなり痩せていて見た目だけでは年齢はわからなかった」

硝飛はまじまじと根付けを見つめた。

「基本こういった根付けを持つ者は、生まれてくる子供を待つ両親か、成人前の子供のみだよな」

「ああ」

「……」

林迅にじっと見つめられて、硝飛はパッと顔を逸《そ》らした。

この根付けを持つ者は清家にはいないはずだ。とすると、身重だった紅淳が持っていたものである可能性もある。そうなると、これは伯母の生存を意味するのではないだろうか。

「もしかして、その女人は紅淳伯母さんに連なる者なのかもしれないよな。だとしたら、伯母さんは生きてる可能性が……」

「……それはわからないが、俺は紅淳殿が無事に子供を産み、その者が今も生きている可能性が高いと思っている」

「え？」

「子供が生きていると考えれば、お前が宝具を作製できない理由もわかると思わないか？」

「……っ！」

硝飛は今さらのように己の手を凝視した。

「たしかに……。俺は死者、しかも胎児に対して宝具を作製したことがないから着想が得られないのかと思ってたけど、もしかして……」

「お前ほどの腕を持つ者が、そんなことで着想が阻《はば》まれるとは思えない。——宝具を作製する対象について、重大なずれがあるんじゃないのか？」

「……死者ではなく生者……」

「この世に生まれなかった者ではなく、生まれ出た者……」

硝飛と林迅は根付けを前に黙り込んでしまった。

いろいろと考えてしまうが、魔除けの根付け一つで仮定を絞るわけにはいかない。

「とにかく、祠堂には行こうぜ。紅淳伯母さんの件はもっと真剣に考えてみないと……。もし、彼女の子供が生きてる可能性があるなら、もう少し詳しく調べてから伯父さんに報告したい。もう十何年も前の話だから解決は難しいかもしれないけどな」

「ああ」

そうこうしているうちに迷楼閣が近づいてきたので、硝飛は気を引き締めて林迅の背中を叩いた。

「よし！　とりあえず清家のご先祖様にお前を紹介してやるから、くれぐれも失礼のないようにな！」

「だから、失礼を働く可能性があるのはお前の方だろう」

「――」

まったくぶれない林迅の返しに、硝飛は小憎たらしく舌を出した。

第四章　迷楼閣

1

それは約二十五年前のことだった。

めでたく十六歳になり、宝具《ほうぐ》を授けられて間もない清桜雀《せいおうじやく》は、手にしたばかりの『蝶《ちょう》輝《き》』で兄である清貴燕《きえん》に勝負を挑んでいた。

ガキンッと剣がぶつかり合う鈍い音が中庭に響く。腕力では兄に敵《かな》わない桜雀は、鍔迫り合いで押し負けそうになり、歯を食いしばって己の剣を兄の剣先に滑らせた。不意をつかれた貴燕の剣は桜雀に操られるがまま大きく弧《こ》を描く。

剣先に翻弄《ほんろう》される相手の隙《すき》をついて、桜雀は貴燕の剣をはね上げた。剣が手から落ち、唖然《あぜん》としている兄に桜雀は朗《ほが》らかに笑った。

「やったわ！　これで私の十勝十五敗ね。兄上！」

貴燕は女だてらに剣技に長《た》けてきた妹に呆《あき》れ、地面に落ちた剣を拾った。

「九勝十五敗だ。勝ちを盛るな」

「なによ、せっかくの成人の祝いなんだから、一勝ぐらい大目に見てくれたっていいでしょう?」

桜雀は成人の儀に蝶輝を授かって以来、己の力を試したいと何度も貴燕に挑んでいた。あまり毎日挑むので、最近ではいいかげんにしろと怒られているが、それでも断られたことは一度もない。

「さぁ、もう一勝負よ。兄上!」

桜雀は再び蝶輝を構えるが、貴燕は家人から手拭《てぬぐ》いを受け取って今日はこれまでだと剣を鞘《さや》に収めてしまった。物足りない桜雀が子供のように駄々をこねるが、兄は二度と鞘から剣を抜いてはくれなかった。

「兄上のケチ」

「誰がケチだ。体力バカのお前に付き合ってたら俺の身が持たん」

額《ひたい》の汗を拭う兄に、桜雀はこっそりと舌を出す。すると、母屋《おもや》と庭の東屋《あずまや》を繋《つな》げる廊《ろう》橋《きょう》から声がかかった。

「――貴燕様。桜雀!」

見ると、橙《だいだい》色の上衣と裳《も》に身を包んだ美しい少女が駆けてくる。

「紅淳《こうじゅん》！　来てたの？」

桜雀は蝶輝を鞘に収め、紅淳のもとに走った。姚《よう》紅淳は斜《はす》向かいに邸《やしき》を構える世家《せいか》の娘だ。二人は同い年で幼い頃から共に育った。粗野で男勝りな桜雀と楚々《そそ》として聡明な紅淳。性格は正反対だが、どういったわけか気が合い、実の姉妹以上の強い絆《きずな》で結ばれている。

「桜雀、また貴燕様に無茶を言って蝶輝で遊んでたのね」

「だって〜。私の蝶輝、かわいいんだもん！　この子と一緒に存分に戦場を駆け回りたいわ。そうしたら兄上なんかに相手をしてもらわなくたっていいのに」

「もう、桜雀ったら。女の子なんだから、戦場とかやめてちょうだい」

紅淳が眉をひそめると、貴燕も大いに同意した。

「そうだぞ。だいたい、戦場は遊び場じゃない。そんなんじゃいつまでたっても嫁にいけないぞ」

「いいのよ、私はお嫁になんかいかないもの。一生蝶輝と共に兄上を支えてこの家を守っていくんだから」

「いらん。早く嫁《とつ》いでくれ。そうでなくては清家の評判が悪くなるばかりだ。夜叉孔《やしゃくじゃく》雀などと不名誉な名で呼ばれおって。この間も允家《いんけ》の次男と斬《き》り合いになる喧嘩《けんか》をしたそうじゃないか」

「あら、あれは允家の次男が嫌がる娘にちょっかいをかけてたから懲《こ》らしめてやっただけよ。それに、かっこいいじゃない。夜叉孔雀って」

悪びれない桜雀に、貴燕と紅淳は呆れたように顔を見合わせた。

「せがまれたとはいえ、お前の宝具を剣にするんじゃなかった」

「そうですよ、貴燕様。あなたは本当に桜雀に甘いんだから」

嘆く貴燕を紅淳が責める。

紅淳に言われてはぐうの音《ね》も出ないのか、貴燕は黙り込んでしまった。

貴燕とて、最初は女らしく髪飾りにしろだの首飾りにしろだのと、しつこく桜雀を説得していた。だが、桜雀は剣以外は受け取らないと兄の意見を頑固に突っぱね続けた。宝具は、その者が真に望む物でなければ魂《たま》入れもうまくいかない。それゆえ兄はしかたなく蝶輝を授けてくれたのだ。

剣身や鞘に必要以上に鮮やかな細工が施《ほどこ》されているのは、せめて美しいものを持たせてやりたいという貴燕の兄心だろう。

「――私の婚姻《こんいん》のことはどうでもいいのよ。兄上」

桜雀は家人が持ってきた冷たいお茶を受け取って、チラリと貴燕と紅淳を見た。

「兄上こそ早くお嫁さんをもらってちょうだい。でなきゃ、この先清家の安泰は見込めないわ」

「俺のことは放っておけ」

「放っておけないわ」

厄介《やっかい》な妹のせいで兄が婚期を逃していることなど知りもせず、桜雀は偉そうに説教をする。

「家の者もみんな跡取りを望んでるのよ？　私も甥《おい》や姪《めい》の顔が早く見てみたいし。――でも、まぁ兄上は奥手だから、お嫁さんに来てくれる奇特な人なんていないか……」

桜雀はやれやれと首を横に振った。あまりにも失礼な言いぐさに、貴燕がムッとしている。いつもの兄妹《きょうだい》ゲンカがおもしろかったのか、紅淳がクスッと笑った。

顔を赤くした貴燕は、ますます仏頂面《ぶっちょうづら》になって大股《また》で庭を去っていった。

「兄上ー？」

「どうしよう、桜雀。貴燕様を怒らせちゃったみたい」

紅淳が心配そうに兄の去った後を見つめる。その顔が泣きそうになっているので、桜雀は「大丈夫よ！」と、豪快に紅淳の背中を叩いた。

「けど、紅淳も物好きよね、あんな堅物のどこがいいのかしら」

「桜雀」

紅淳の顔がみるみる赤くなっていく。それを見て桜雀はなぜかこちらが恥ずかしくなった。

「まったく。やってられないわ。私から見れば二人とも想い合ってるのに、なぜ進展しないのかしら。いくら兄上が朴念仁《ぼくねんじん》だからって、このままじゃ紅淳がお婆《ばあ》ちゃんになっちゃうわよ」

「だから、それは桜雀の思い過ごしよ。貴燕様は私のことなんてなんとも思ってないわ」

「そんなことないってば」

桜雀は紅淳の髪に挿してある簪《かんざし》を引き抜いた。手の込んだ金細工に蒼玉《そうぎょく》が塡《は》め込まれた秀麗なものだ。

「あなたのこの宝具を兄上は大層褒めていたわ。『紅淳の艶《つや》やかで美しい黒髪によく似合っている。お前も彼女を見習って簪の一つでもつけなさい』ってね」

桜雀が顎《あご》を上げて、態度の大きな兄のものまねをすると、紅淳はますます赤面して俯《うつむ》いた。


硝飛《しょうひ》たちが工場に赴《おもむ》いてから二刻ほどたった頃、清貴燕は水晶に清家の家紋が刻まれた房飾りをじっと眺めていた。

赤い艶のある房を撫《な》でると、昔の記憶が鮮明に蘇《よみがえ》ってくる。

持ち主のいない房飾りなど、さっさと捨ててしまえばいいのに、それができない自分が腹立たしい。

思わず水晶部分を強く握ると、居室の外で家人の声がした。

「宗主。工場の珉《みん》がまいっております」

貴燕はじっと目を瞑《つむ》り、房飾りを文台の上の硯《すずり》箱の中にしまった。

「通せ」

上座に腰掛け、貴燕は過去の亡霊を断ち切るように背筋を伸ばした。

2

迷楼閣《めいろうかく》は思った以上に不思議な造りをしていた。

寄棟造《よせむねづくり》の門を潜った先には、祠堂《しどう》とみられる二階建ての八角形の建物がある。その中心は円環のようにポッカリと空いていて、そこに五重の楼閣が高々と聳《そび》え立っていた。まるで祠堂の要塞が楼閣を守っているようだ。だが、それでは逆だ。守られるべきは先祖を祀《まつ》る祠堂であり楼閣ではない。

地震の影響か、楼閣も祠堂も瓦《かわら》と屋根飾りが落ちてしまっている。中は無事なのだろうか。

「同じ国でも所が変われば見慣れないものが多くなるもんだな」

これこそ旅に出た意味があるというものだ。冥祝《めいしゅく》もこの不思議な造りの祠堂も彩京《さいきょう》にいたら見ることも知ることもなかっただろう。

建物内に入ると、中はやはり迷路のような造りになっていた。とにかくだだっ広く、廊下はどこまでも繋がっている。そのうえ多数の房に仕切られているので、いったいどこに行けばいいのかわからない状態だ。来慣れた者でなければ間違いなく迷う。

「清家の祠堂を探さなきゃな」

そう言って、近くの房を開いた硝飛は立派な家紋と家名を目にした。その下に煌《きら》びやかな祠《ほこら》があり、中には何本もの蠟燭《ろうそく》や先祖の位牌《いはい》などが並んでいる。

だが、ここは清家の祠堂ではない。

「なるほどな。こんな形でいくつもの祠堂があるってことか」

硝飛は房を閉め、隣の房を開ける。ここも同じような造りだが、清家のものではない。

「まいったな。この分じゃ全ての房を開けるはめになるぞ」

硝飛が愚痴《ぐち》ると、林迅《りんじん》に名を呼ばれた。彼が開いた房はまったくのがらんどうだった。

「何もない房もあるんだな」

「何もないどころか……」

林迅が隣の扉を指さす。開けてみると、房の扉だと思っていたそれはただの壁になっていた。何も知らずに飛び込んだら、体当たりをしてしまいそうだ。しかも、廊下はかなり枝分かれをしており、油断すると自分が今どこにいるのかさえわからなくなる。

「邪気を祓《はら》うためとはいえ、ここまでするか？」

　硝飛は辟易《へきえき》としながら歩を進める。と、奥に行けば行くほど妙に身体《からだ》が重くなってくるのを感じた。とうとう動悸《どうき》までしてきたので胸を押さえると、林迅が心配そうに顔を覗《のぞ》き込んできた。

「どうした？」

「まずい。ここ、瘴気《しょうき》が結構強いかも」

　硝飛は人と比べてかなり瘴気に当てられやすい体質をしている。少しでも瘴気が強いと敏感に反応し体調が悪くなるのだ。

「お前が当てられるほどの瘴気ならば、邪気封じの意味がないだろう」

「そうだよな……」

　青白い顔で硝飛は苦笑した。とにかく、早いところ清家の祠堂を見つけてここを出たい。そう思い、適当な房を開いた時だった。微《かす》かに人の声のようなものが聞こえた気がした。

「林迅。今なにか聞こえなかったか？」

「ああ」

　林迅も神妙な表情で耳を澄《す》ました。

　ほんの小さな声だが、たしかに聞こえる。あれは、赤子の泣き声だ。

「どこかで赤子が泣いてる……」

そう硝飛が呟《つぶや》いた一瞬の間だった。突如《とつじょ》、硝飛の身体が宙に浮いた。

「うわっ!!」

「硝飛！」

ドンッとそのまま身体が壁に打ち付けられた。

床に転がった硝飛はあまりの衝撃にすぐに動くことができない。

「う……いってぇ」

「硝飛、大丈夫か！」

「だ、大丈夫だけど。なんだ、これ……」

言うか言わないかのうちに、今度は林迅の身体が宙に浮いた。なんと、どこから現れたのか多数の幽鬼が林迅を担《かつ》ぎ上げているではないか。周囲をよく見ると、その数は百や二百ではない。

硝飛はゾッとした。幽鬼絡みの事件にはよく巻きこまれるが、こんな集団は見たことがない。

幽鬼たちは硝飛と同じく乱暴に林迅を投げ捨てた。

「林迅！」

硝飛は叫んだが、自分と違い彼は綺麗《きれい》に着地して素早く倭刀《わとう》を抜いた。

「なんだ、この幽鬼の群れは」

「俺にもわからねぇよ！」

硝飛も剣を抜く。その間にも赤子の声がだんだんと大きくなってくる。幽鬼の群れは赤子の声に導かれるように硝飛たちに飛びかかってきた。さすがにこれだけの幽鬼を相手にするのは骨だ。

「逃げるぞ林迅！」

硝飛と林迅は幽鬼から逃れるため、闇雲《やみくも》に廊下を走った。

「こっちだ！」

とっさに開いた房の扉は、なんとただの壁だった。くじで外れを引かされた気分だ。

「ああ、もう！　なんなんだこの祠堂は！」

「見事に迷楼閣だな」

「感心してる場合か！　邪気を封じるためって言ったって、これはやり過ぎだろう！」

手当たり次第に房を開いている間にも、幽鬼たちは容赦《ようしゃ》なく迫ってくる。迷いながら廊下を走り、懲りずに一つの房を開いたその時だった。突然現れた何者かと硝飛は勢いよくぶつかった。

「って！」

「硝飛！」

倒れかけた硝飛に林迅が駆け寄る。顔を上げた二人は、あまりにも意外な顔を見て瞠目《どうもく》した。

「――君たちは、硝飛と林迅じゃないか！」

「……お前！」

林迅の顔が一気に険しくなった。硝飛はなぜか自分たちの名前を知っている相手をマジマジと見つめる。

「あ！　あんた、馬の人！」

「馬の人？　心外だな。私は緋利瑶《ひりよう》。きちんと名を名乗ったではないか！」

憤慨する男に、硝飛は謝った。緋利瑶は墨東国《ぼくとうこく》に入る前に飯屋で会った奇妙な男だ。まさかこんなところで再会するとは夢にも思っていなかった。

「俺たちをつけてきたのか」

林迅が硝飛の前に出る。何を言っているのかわからない硝飛を無視して、二人は睨《にら》み合った。

「君たちは本当に失礼だな。ここには私の従兄弟《いとこ》がいると言っただろう」

「だから、身内の祠堂に参っただけだと？」

「それ以外になにがある」

ただならぬ二人の空気にたまりかね、硝飛が叫んだ。

「今そんなことを言ってる場合じゃないだろ！　林迅、あれを見ろ！」

廊下側から幽鬼の群れが姿を現した。

「君たちも、この奇妙な現象に襲われていたのか。私も先ほどからちょうど幽鬼と対峙《たいじ》していたところでね」

親指で後方をさす利瑶に、硝飛は目を見開いた。彼がいる房の中にみっしりと幽鬼があふれているではないか。

「なんだこりゃ！」

「それは私が聞きたい。彼らの説得を試みていたところに君たちが現れてね。見事に邪魔をされたというわけだ」

軽く嫌味を言いながら、利瑶は懐《ふところ》から一本の縦笛を取り出した。

「それは？」

よく見ると、笛といってもただの笛ではないようだ。鉄を黒染めしたものを笛のように加工したもの……いわゆる鉄笛《てってき》といわれる暗器だ。

鉄笛は基本、鳴らすものではなく物理的攻撃に使われる。暗殺などによく使用される物騒なものだが、彼の持つ鉄笛は磨きがかけられ、白龍の彫り物がしてある美しいものだ。

さりげなくぶら下がっているのは、金色に輝く三本足の烏《からす》の房飾りだ。三本足の金の烏は古来から太陽の化身とされている。それを暗器に付けるなど、優美と言っていいのか悪趣味と言っていいのか迷うところだ。

「鉄笛で霊を説得できるのかよ！」

硝飛が突っ込むと、利瑶はニヤリと笑んで鉄笛に口をつけた。

すると、驚くことになんとも心地のいい音色が迷楼閣内に響き渡ったではないか。

「嘘《うそ》だろ」

暗器に使用する鉄笛は音が出ないものが多い。もちろん、例外も存在するがこれほどの音色を奏でるものを硝飛は知らない。

状況も忘れて聞き入っていると、利瑶は徐々に幽鬼の集団に近づいていった。

どうしたわけか、幽鬼たちはピタリと三人を襲うのをやめ、じりじりと後ずさっていく。

硝飛が呆気《あっけ》にとられていると、利瑶は音色を響かせたまま幽鬼たちを一カ所にまとめた。

刹那《せつな》、彼は音を止め、衣を翻《ひるがえ》して鉄笛で幽鬼たちを薙《な》ぎ払った。

『グアアアアア』

幽鬼たちは断末魔の悲鳴を上げて、一瞬で霧散していく。

「すげ……」

あまりの手際のよさに硝飛が感嘆すると、利瑶は軽く片目を閉じて振り向いた。

「この子の名は『奏月《そうげつ》』。私の宝具だ」

「やっぱり宝具か」

「奏月の音色は生者でも死者でも動きを操ることができるんだ。おまけに祓いの力を持っているのでね、幽鬼などはああやって打ち祓うことができる」

月に太陽の化身を付けるとは、なんとも欲張りなことだ。

関係のないことを思いながら硝飛が感心したその時、再び赤子の声が聞こえた。

「――!?」

どうやら、まだ終わっていなかったらしい。三人で警戒していると、正面にある行き止まりの壁からいきなり巨大な赤子の腕が突き出てきた。

「硝飛！」

赤子の腕は手近にいた硝飛を摑《つか》もうとした。とっさに、林迅が硝飛を突き飛ばす。すると癇癪《かんしやく》を起こした赤子の腕が林迅を鷲《わし》摑みにした。

「林迅！」

硝飛が悲鳴を上げると、腕は林迅を壁の中に引きずり込んでしまった。

「林迅ー!!」

硝飛は林迅を追って壁の中に入ろうとしたが、突き破られたはずの壁はきれいに元に戻っていて中に入ることができない。

「林迅、林迅！」

とっさに蝶輝で壁を突き破ってみたが、そこは普通の建物のように柱があるだけで人が入れるような空間はなかった。

林迅どころか赤子の腕さえ見失い、硝飛は我を忘れて破れた壁に拳《こぶし》を打ち付けた。

「林迅！」

何度も打ち付けたせいで拳から血が滲《にじ》み出るが、構わなかった。見かねた利瑶が硝飛の腕を掴んで壁から引き離す。

「もうよせ。きっと、この中にはいない。とにかく建物内を探そう」

必死に怒りを抑え、硝飛は奥歯を噛《か》みしめた。相手が赤子だろうとなんだろうと、林迅になにかあったら容赦はしない。

二人は微かに聞こえる赤子の声を頼りに、廊下を引き返した。なにがなんでも林迅を探そうとあちこち房を開くが、そこは静かな祠があるだけだ。――と、何枚か開いた扉の奥に、ようやく清家の祠堂を見つけた。

今は参る余裕などなかったが、とりあえず中に入ってみる。豪華に飾られた祠の中にいくつかの位牌がある。これらは全て硝飛と親類関係にあたる者たちだろう。

目当てのものを探すと、伯母である姚紅淳の位牌は真ん中にあった。名もない胎児《たいじ》の存在も位牌に刻まれている。

「硝飛」

利瑶に名を呼ばれ、硝飛は頷《うなず》いて清家の祠堂を離れた。

林迅の名を呼びながら祠堂を走っていると、偶然二階に繋がる階段を見つけた。

二人はとりあえず階段を駆け上がる。すると、利瑶が打ち祓ったはずの幽鬼の群れが再び現れた。

『ヴヴヴヴ』

幽鬼なので生気がないのはあたりまえだが、ゆらゆらと揺れて唸《うな》る幽鬼の群れには背筋が寒くなる。

『グアアアアア!!』

「嘘だろ。なんで、またこいつらが!? あんたが祓ったんじゃないのかよ!」

奇声を発して追い回してくる幽鬼に、硝飛はうんざりとして叫んだ。

「どうやら、新手のようだ。ここの二階も一階と同じように祠堂になっているんだろう!」

「馬の人、祓えるならどうにかしてくれよ!」

「馬の人ではない! 緋利瑶だ! 君、私の名を覚える気がないだろう!」

利瑶は怒鳴りつつ鉄笛を吹く。すると一階の時と同じように幽鬼の群れは大人しくなった。利瑶が素早く鉄笛で薙ぐと、幽鬼が一瞬で霧散した。

「相変わらずお見事で……」

硝飛が利瑶を称《たた》えたその時だった。寄りかかった壁がいきなりグルンッと回った。

「うわっ!」

「硝飛!」

なんと、壁かと思っていたそれは外へと繋がる隠し扉だった。しかも階段や足場がまったくない罠《わな》に近いただの仕掛けだ。

「嘘だろ！」

なんの構えもなく二階から落ちた硝飛は、一度一階の庇《ひさし》の上に落ちる。とっさに受け身を取り、そのまま地面に落下した。

「硝飛！　無事か!?」

「ああ。なんとかな」

一階の庇が衝撃を和《やわ》らげてくれたおかげで、身体に傷はない。

「私もすぐに行く。待っていろ！」

言うが早いか、利瑶はひらりと庇に飛び降り、硝飛のもとに着地した。

「立てるか？」

利瑶に手を取られ、硝飛は立ち上がる。

「ここは？」

いったん落ち着いて辺りを見回すと、あの仕掛けは八角形の祠堂の中心である空洞部分に繋がっていたらしい。目の前に五重の楼閣が聳え立ち、二人を圧倒している。

「中には入れるのか？」

楼閣を一周回ってみたが、出入り口らしきものは見当たらなかった。どうやら、中に入れないようになっているらしい。と、いうことはこの楼閣は祠堂に使用するために建てられたものではないのだろう。

八角形の祠堂を見ても出入り口のようなものはない。つまり、祠堂側からはこの楼閣に近づけない仕組みになっているのだ。あそこから硝飛が落ちなかったら、ここには辿《たど》り着けなかっただろう。

「なんなんだよ、これは。いくら邪気を祓うためって言ったって、こんな複雑な仕掛けにするか？　意味がわからねぇな」

硝飛が苛《いら》立《だ》ちを抑えきれずに愚痴る。

試しにトントンと楼閣の壁を叩いてみた刹那――。

『おんぎゃああああああ！』

今までよりいっそう大きな赤子の泣き声が響き渡った。

とっさに身構えると、ドシン！　と地響きがし、楼閣の上から巨大な赤子の足が二本降ってきた。

「うわ！」

巨大な足は、まるで駄々をこねるように二人を踏み潰《つぶ》そうと暴れている。

「おいおいおい！　こんな化け物みたいな幽鬼は見たことないぞ！」

二本の足から逃げながら、硝飛は利瑶を見た。利瑶は鉄笛を口に当て、美しい音色を奏である。だが、どうしたことか、赤子は笛に操られることはなかった。

「どうしたんだ！　なんでこいつは他の幽鬼みたいにあんたに従わないんだ⁉」

「わからない……。幽鬼本体が笛の音の届かない場所にいるとしか……」

「笛の音が届かない場所ってどこだよ！」

「だから、わからん！」

半分、喧嘩になりつつ二人は揺れる地面の上で逃げ惑う。残酷な子供に弄《もてあそ》ばれる小さな昆虫《こんちゅう》になった気分だ。

「ああー、もう‼」

とうとう硝飛はブチ切れた。

「いいかげんにしろ、このガキ！　林迅を返せ‼」

硝飛は念を込めて蝶輝を構えた。

「馬の人！　少し俺から離れていてくれ！」

利瑶は一瞬何か言いたそうな顔をしたが、素早く離れる。

「どうする気だ⁉」

「赤子が幽鬼なら、この蝶輝に宿らせる。そうすれば林迅の居場所もわかるかもしれない！」

「そんなことができるのか？」

「俺の宝具は近くにいる幽鬼を剣に宿らせることができるんだ。だが、これに斬られた者は傷口が腐り、死んだら幽鬼になる！　だから、うっかり俺に近づくなよ！」

一瞬、利瑶の顔が輝いた。期待に満ちた眼差《まなざ》しは獲物を狙うそれに似ている。

「これはおもしろい！　ぜひ、やってみてくれ！」

言われるまでもなく、硝飛は大きく息を吐き出すと、蝶輝の刃《やいば》で己の親指を傷つけた。剣身に赤い血が伝う。それを贄《にえ》として硝飛は叫んだ。

「さまよえる者よ、我が剣に宿れ！」

本来なら、幽鬼の名を呼んで招くのが常だが。名がわからない幽鬼の場合は強い想いを抱いて呼び寄せる。この方法で目当ての霊を宿らせるのに失敗したことはない。

いつものように、念を込めて赤子を引き寄せようとした刹那――。

バチン！　と脳内で何かが弾《はじ》けた。

「――!?」

初めてのことに硝飛が動揺していると、蝶輝が熱を放出しだした。まるで小さな雷に打たれたかのようにバチバチと音を出し、硝飛の手を弾く。

「――っ！」

思わず蝶輝を地面に落とした硝飛は、初めてのことに混乱した。

「ど、どうしたんだ。蝶輝！」

バチバチバチバチ！

鳴っているのは蝶輝だけではない。硝飛の脳内も激しく火花が散っている。しまいには耐えがたい耳鳴りと目眩《めまい》に襲われ、硝飛は悲鳴を上げた。

「硝飛！」

利瑶の声が遠くで聞こえる。

彼が護符を握らせてくれたが、それも夢の中の出来事のようだった。

やがて脳内は、鼓膜《こまく》が裂けそうな轟音《ごうおん》と共に強烈な光暈《ハレーション》を起こし、硝飛は一気に意識を失った。

「硝飛！」

倒れかけた硝飛を抱きとめ、利瑶が叫ぶ。

「硝飛、しっかりしろ。硝飛！」

何度も名を呼ぶが、硝飛はまるで死人のようにピクリとも動かなかった。

◇

一方、壁の中へと引きずり込まれた林迅は、何もない真っ暗な空間に立っていた。

闇の中は冴え冴えとしていて、聞こえるものといったら、赤子の泣き声だけだ。姿も見えないので、赤子の目的さえわからない。

冷静に考えてみるに、どうやらここは瘴気の渦《うず》の中心のようだ。台風の目もその中心は静かだという。それと同じ現象なのだろう。

ということは、迷楼閣全体が赤子の瘴気に覆《おお》われているとみていい。先ほど林迅たちを襲ってきた幽鬼たちは、おそらく各世家の先祖の幽鬼だ。赤子の瘴気に感化され、眠っているところを強引に呼び起こされたのだろう。

「とにかく、ここを出て硝飛を探さなければ……」

林迅は己の宝具である倭刀を両手で構えた。赤子が姿を現さない限り、直接やりあうことはできないが、皇帝の宝具なら瘴気の渦を打ち祓うことができるかもしれない。

実際、この宝具がどこまで力を持つものなのか、林迅も全てを把握しているわけではない。義父《ちち》の界円《かいえん》が言うには、主《あるじ》の霊力によって皇帝の宝具の力も変わってくるらしいので、宝具の力は自分次第なのだろう。

林迅は闇の中、耳を澄ませて赤子の泣き声が一番よく聞こえる場所を探した。すると、瘴気を強く感じる所で、赤子の声がいっそう大きくなった。

「ここか……」

林迅は思いつくままに宝具を足元に突き刺した。

赤子の泣き声が苦しそうなものに変わる。

林迅は両手で強く柄《つか》を握りしめた。

「『飛凰《ひおう》』……」

林迅は初めて己の宝具の名を呼んだ。

皇帝の宝具は受け継いだ者がその都度名をつけるのが習わしだ。だが、林迅は今まであえて名をつけずにいた。いつかこの宝具は弟である旬苑《しゅんえん》に返すのだと心得ているからだ。

だが、今はそんなことを言っている場合ではない。

名をつけることで宝具と自分の絆が深まり、更に強い力が発揮できるのならなんでもする。

「飛凰！　瘴気の渦を祓い、我が道を示せ！」

見えない地面を強引に切り裂いた瞬間、パッと闇が祓われた。

とたんに身体が宙に浮く感覚を覚える。網膜《もうまく》が焼けそうなほど強い光に襲われ、瞳を閉じると、一瞬静寂《せいじゃく》が訪れた。

「……」

何が起こったのかわからず、そっと目を開いた林迅は心底驚いた。

なんと、自分が立っていたのは祠堂の外だったのだ。

瘴気の渦だけではなく、あの迷路地獄《じごく》からも脱出できるとは思っていなかったので、さすがに宝具の力に戦《おのの》いたが、とりあえずなにを置いても硝飛だと気を取り直す。

彼は今もあの迷楼閣の中だ。しかも、あのあやしい馬男《うまおとこ》と一緒なのだ。

「硝飛……」

硝飛を救うため、再び迷楼閣の中に足を踏み入れようとした時、

「お待ちください、林迅殿下！」

自分を聞き慣れない敬称で呼ぶ者が現れた。振り向くと、いつの間に来ていたのか、複数の兵士たちが林迅の周りを取り囲んだ。

「……？」

困惑する林迅に向かって、兵たちは一斉に拱手《きょうしゅ》した。

「林迅殿下！　ご無事でなによりです。迷楼閣内で不穏な邪気を感じたため、墨東王の命により馳《は》せ参じました。お怪我《けが》はありませんか？」

「墨東王の命だと？」

思いがけない言葉に、林迅は更に当惑する。

「どういうことだ」

「殿下、墨東王がお待ちです。どうか、我々と共に城へおいでください」

兵の言葉に、林迅は訝《いぶか》しげに眉を寄せた。

自分を殿下と呼び、城に招くということは、林迅の素性はとっくに知られているということだろう。

「しかし、中には私の連れがいる。救わねば……」

「ご安心ください殿下。李《り》硝飛殿は我々が迷楼閣から救い出しました」

「なに？」

硝飛の名もしっかりと把握済みとは。

どうやら、墨東国で忍んで過ごしていると思っていたのは、自分たちだけだったらしい。いつからかはわからないが、二人は国王や城の者にしっかりと監視されていたようだ。

「硝飛はどこにいる？」

林迅が尋ねると、兵の一人が実に言いにくそうに口ごもった。

「……まことに申し上げにくいことですが、硝飛殿は深手を負っており、予断を許さない状態です。治療のため急ぎ城にお運びしております」

「予断を許さないだと？」

林迅の顔が蒼《あお》ざめる。自分のいない間、硝飛にいったいなにがあったというのか。

一瞬、迷楼閣に目をやった林迅は素早く倭刀を鞘に収めた。

「硝飛のもとへ案内してくれ」

「はっ！　まずはこちらへ」

動揺を隠せない林迅を、兵たちは恭《うやうや》しく軒車《けんしゃ》へと案内した。

第五章　皇族の凶事

1

墨東国《ぼくとうこく》の城は、まさに城塞と言っていいほど無骨《ぶこつ》だった。宮廷のような華やかさを一切廃し、強固で堅牢《けんろう》な砦《とりで》を愚直に築き上げている。

兵たちに案内され、林迅《りんじん》は謁見《えっけん》の間へと通された。

まずは硝飛《しょうひ》の顔を見せ《せ》てくれと頼んだが、墨東王への目通りが先だと説得され林迅はしぶしぶ従った。気が急くとはいえ、それなりの礼儀が必要なのもわかっている。

苛立《いらだ》ちながら待っていると、恰幅《かっぷく》のいい男が翠玲《すいれい》県主を従えて姿を現した。翠玲は見たことがあったが、国王である彩充賢《さいじゅうけん》に会うのは初めてだ。

不躾《ぶしつけ》な眼差《まなざ》しに、への字に曲がった唇。眉間《みけん》には深い皺《しわ》が刻まれており、一言で表すと神経質な面《おもて》だ。国境に近い国の長は常に気が張り詰めてなければ務まらない。顔が険しくなるのも当然だろう。

玉座に座った充賢の横に翠玲が立つ。翠玲は林迅を見て礼を示した。林迅も素早く拱《きよう》手《しゆ》する。

「初めてお目にかかります墨東王。挨拶《あいさつ》が遅れ申し訳ございません。礼部尚書《しようしよ》汪界円《おうかいえん》が次子《じし》、汪林迅と申します」

「ふむ」

彩充賢は、値踏みするように林迅を睨《ね》めつけた。

「そう名乗るか」

充賢は何事か考えるように蓄《たくわ》えた顎《あご》ひげを撫《な》でた。

「ここは国境の国。土地柄、国内外の情報にはそれなりに精通しておる。中央さえ知らぬことが耳に入ってくることもしばしばだ。それゆえ、そなたのことはよく存じておるぞ」

「……心得ております」

「さて、そこで問題だ。余はそなたをどのように扱うべきかな?」

「……」

「先ほどそなたが名乗ったように、一介の高官の息子として扱うべきか。またはその身体《からだ》に流れる血を重視し、叔父として接するべきか。はたまた、皇帝の宝具《ほうぐ》の継承者として頭《こうべ》を垂れ、敬《うやま》うべきか」

「……」

林迅は少し間を置いて答えた。

「その全てが私という人間を構築しております。どうぞ、墨東王のお好きなように」

「謙虚なことよ。不遇な幼少期を過ごし、今や誰よりも高い地位を手に入れることができるというのに、それを拒むとは」

林迅はようやく面を上げた。知らず挑むような目線になってしまい、己を律してわずかに目を伏せる。

「――父上……」

翠玲がたしなめると、充賢は声を出して笑った。

「これは少々意地が悪かったかもしれぬな。――よかろう。そなたとは血を分けた者同士。腹を割って叔父と甥《おい》として接することにしよう。それが一番間違いがないからな」

「はっ」

「これは我が娘の翠玲だ。他にも息子が何人かおるが、皆国境の砦を守っているゆえ、留守にしておる。許せよ」

「いえ」

翠玲は改めて林迅のもとに歩み寄り、軽く膝《ひざ》を折って頭を下げた。

「林迅殿下。城壁外では失礼いたしました。知らぬこととはいえ、挨拶もせず大変な無礼をいたしました」

「かまいません。私の方こそ、あなたの素性を知りながら礼を欠きました」

林迅はそっと彼女の肩に触れ、顔を上げさせた。

「いいのです。忍んでいらしたゆえ、当然のことと心得ております」

翠玲は林迅に微笑《ほほえ》みかける。それを見ていた充賢が皮肉げに口端を曲げた。

「こうしてみると、似合いの両人ではないか。澄明《ちょうめい》兄上は聡明な賢帝ではあられたが、子をほとんど遺されぬまま崩御《ほうぎょ》なされたのが唯一の難であった。しかし、少ないなりにも、なんとも素晴らしい美丈夫を遺していかれたものだ。――とはいえ、林迅。残念だが翠玲はいずれ西琉国《さいりゅうこく》へ嫁《とつ》ぐ身だ。惚《ほ》れるでないぞ」

「存じております」

顔色一つ変えない林迅に、充賢はおもしろそうに眉を上げた。

「聞きしに勝る能面よ。そなたの心を掻《か》き乱す者はこの世に現れるのか。叔父として心配になってくるぞ」

林迅は改めて充賢に向き直った。こんな戯《ざ》れ言《ごと》に付き合っている暇はないのだ。

「叔父上、硝飛の容態はどうなのでしょうか。私は彼に会いにここまで来たのです。居場所を教えてください」

「……李《り》硝飛のことか。――ふむ、知らぬ」

「――!?」

あっさりと言われて、林迅は耳を疑った。

「知らぬとは、どういうことです」

「あれはまだ迷楼閣《めいろうかく》内をさまよっているのではないか？　今ごろ命はないかもしれぬな」

「墨東王！」

愕然《がくぜん》とするあまり、林迅は声を荒らげた。

自分は、硝飛が城に運び込まれたと言うから、ここまで来たのだ。それを墨東王が知らぬはずがない。

「私を騙《だま》したのですか!?」

「ほう、能面だと思っておったが、きちんと怒ることができるではないか。安堵《あんど》したぞ」

「ふざけている場合ではない！　なぜ、このようなことをなさるのか！　硝飛がいまだに迷楼閣にいるというなら、私は救いに行かねばなりません！」

「――待たれよ！」

激昂《げっこう》して踵《きびす》を返した林迅を、意外な声が呼び止めた。胸がざわつくままに振り向くと、玉座の後ろから思いもかけない人物が現れた。

「清《せい》殿……」

硝飛の伯父、清貴燕《きえん》は墨東王と林迅にそれぞれ拱手した。

「なぜ、あなたがここに……」

「林迅殿下。数々の無礼をお許しください。これも、殿下と硝飛を引き離すための私の愚策と思い、気をお静めください」

「あなたはなにを言っておられるのだ……！」

さすがに林迅は冷静でいられなかった。硝飛の命が危険にさらされていることを、この男は承知だというのか。

「――清貴燕は、墨東国の国尉だ。国のため、ひいては龍貴国《りゅうきこく》のために働くのは当然であろう」

「国尉？」

国尉とは、国の軍事などを司《つかさど》る者だ。国王と共に国を治める重要な役職で、実質、国王に次ぐ権力者の一人と言ってもいい。

「私は国尉として、やむなく李硝飛を排除することにしたのです。お許しください、殿下」

なんの罪悪感も抱いていない顔で言われ、林迅は愕然とした。いったい、自分の知らないところでなにが行われているのか。

「なぜですか。硝飛はあなたの甥でしょう」

「あれを甥とは思っておりません」

それはあまりにも冷酷な言葉だった。

「甥ではない？　硝飛は紛れもなくあなたと血が繋《つな》がる者です。疑われているのか？」

「そうではありません。――妹の桜雀《おうじゃく》は国王に仕える身でありながら、身勝手にも墨東国と清家を捨て、見知らぬ庶民《しょみん》の男と子をなした。そのような者の子をどうして身内と思えましょうか」

「あなたは、硝飛ばかりか桜雀殿も恨んでおられるのか！」

貴燕は否定も肯定もしなかった。林迅は拳《こぶし》を震わせた。自分の中に湧き上がるものが、怒りなのか悔しさなのか把握できない。

「硝飛は初めて伯父に会えると、ずっと楽しみにしていた。なのにあなたは硝飛を裏切り、なおかつ排除するなど……よくそんな冷淡なことが言えたものだ！」

そこまで言って、林迅は気づいた。

「硝飛に冥祝《めいしゅく》の宝具を作製するよう頼んだのも、本気ではなかったと……？」

「さようです。あの工場の責任者は私の子飼いの者。うまく硝飛を迷楼閣へ誘導させました」

「……！」

「迷楼閣は地震以来、不穏な噂《うわさ》が絶えぬ場所。不用意に近づくと命はありません」

「それを承知であなたは……」

「……こうでもしなければ、硝飛をあなたから引き離すことはできなかった。しかし、よもや殿下が硝飛と共に清家の祠堂《しどう》に赴《おもむ》かれるとは……。私のせいで殿下までも危険な目にあわせてしまいました。お許しください」

林迅は思わず宝具を抜きそうになった。それを横でそっと止めたのは翠玲だ。彼女は首を軽く横に振り、怒気《どき》を抑えるように諭《さと》す。

剣を抜くに抜けずにいると、充賢がゆっくりと立ち上がった。

「林迅、そなたは思い違いをしておるぞ。李硝飛がこのような目にあうのは全てそなたのせいではないか」

「――!?」

「そなたは皇帝の宝具を持つ者としての自覚が足りぬ！」

充賢に一喝《いっかつ》され、林迅は瞠目《どうもく》した。

「なぜとは問わせぬぞ。そなたも薄々気づいておっただろう。硝飛が『邪魂児』であると！」

「……父上、お声が高《たこ》うございます」

翠玲はとっさに父をたしなめる。清貴燕は実に悔しそうに奥歯を嚙《か》みしめた。

当の林迅ははっきりと突きつけられた現実に言葉をなくしていた。

「――私も、信じたくはございませんでした」

清貴燕が言葉を絞り出す。

「しかし、華郭島《かかくとう》で硝飛が『邪宝具』を使ったと知り、私はなけなしの情を捨てる覚悟を決めたのです」

「……」

林迅はぎこちなく貴燕に目をやった。これは彼の本音だろう。言葉の中に、硝飛への情がほんの一握りだけはあったことを示していた。

邪魂児《じゃこんじ》とは、出産時に亡くなった母親の腹から自力で出てきた者のことをいう。難産で母親が亡くなった赤子と邪魂児とはまるで違う。死して魂魄《こんぱく》が完璧に抜け出た母親の体内から赤子が自力で這《は》い出てくるという異常さを秘めたのが邪魂児だ。

そういう子は魂魄がわずかに欠けており、瘴気《しょうき》にも当てられやすい。幽鬼に魂魄が縛られる『魂縛《こんばく》』もされやすく、なにかと幽鬼絡みの面倒ごとに巻きこまれることが多いという。

硝飛にもそういったところがあるのは否《いな》めない。

林迅は密《ひそ》かに歯がみした。

邪魂児は、一人前の人間とは見なされない。生まれ落ちるだけで不吉とされ、母親の腹から出てきた時点で縊《くび》り殺される。特に皇族に邪魂児が生まれると凶事の最たるものとされ、最重要秘匿《ひとく》案件となる。

皇族だけではない。民間でも同じことだ。人々は邪魂児が生まれたことをひた隠し、単純な死産とすることが多い。

多いというのは、中にはやはり我が子を殺すことができず、邪魂児であることを伏せて育てる親がいるからだ。そういった子が成長し、万が一親族から宝具を授かれば、宝具は『邪宝具』となる。

邪宝具は宝具とは似て非なるものだ。宝具が自分の魂魄と共鳴し、霊力に準じた力を発揮するものだとしたら、邪宝具は己の魂魄と共鳴し、その邪力に準じた力を放出する。

考えてみれば、硝飛の宝具である蝶輝《ちょうき》は近くの幽鬼を宿らせるばかりか、傷つけた者の傷口を腐らせ、殺せば幽鬼へと変えてしまう。

そんな負の要素を含んだ宝具は、邪宝具以外にありえない。

「――林迅殿下」

否定できない林迅に、貴燕が話しかけた。

「墨東王の仰《おつしや》るとおり、殿下も気がついていたはずです」

たしかに、疑いを持たなかったと言えば嘘《うそ》になる。だが、どうしても硝飛を邪魂児だと思いたくなかった。それゆえ、あえて頭から排除していたのだ。

「私は、妹の桜雀を愛していました。あれのために、どの宝具よりも素晴らしいものになるようにと丹精込めて蝶輝を作製させた。しかし、その蝶輝が邪宝具と成り下がった！

その悔しさは筆舌に尽くしがたい。硝飛と蝶輝を私がどのような思いで見ていたかおわかりですか?」

「……しかし、硝飛に罪はない」

「邪魂児は存在自体が罪なのです。殿下は硝飛と共にいるべきではない。皇帝の宝具を持つ者が邪宝具を持つ邪魂児と共に同じ道を歩むことなど、許されません」

「……」

林迅は目眩《めまい》を覚えた。彼らは、こんな乱暴な策を用いてまでも、林迅から硝飛を引き離し、諭したかったのだ。

皇帝の宝具を継承する者としての責務を全うしろと。

「……できない」

自然と、喉《のど》の奥から声が出た。

宮廷で大変な思いをしている弟の旬苑《しゅんえん》や、義父《ちち》である界円の顔が頭に浮かぶ。彼らは自分を信用して宝具を預けてくれた。期待にはできるだけ応《こた》えたいと思う。だが、だからといって硝飛と宝具を秤《はかり》にかけることなど、林迅にはどうしてもできなかった。

「なんと言われようとも、私は硝飛と袂《たもと》を分かつつもりはありません」

林迅は宝具を床に置き、三人の前で膝をついた。

「現状、私の命ある限り皇帝の宝具は私を主《あるじ》と認めたままでしょう。——ならば、この場で私を斬《き》り、宝具を解放していただきたい! その上で、新たな主を!」

「林迅殿下！」

「おやめください、殿下！」

翠玲と貴燕が狼狽《うろた》えて林迅を立ち上がらせる。

充賢は困ったように眉根を寄せた。

「なんとも頑固なことよ。その強硬さは誰に似たのか」

軽く溜め息をつく充賢を下から睨めつけ、林迅は宝具を摑《つか》んだ。

「斬らぬというなら、私は硝飛を救いにまいります」

「ならぬ！」

充賢が一喝すると、兵たちが一斉になだれ込んできた。動きを封じるように槍《やり》を向けられ、林迅の心は反対に凪《な》いでいく。

恐れもせずに歩み続けると、充賢が更に怒鳴った。

「ならぬ！　ならぬぞ、林迅！　いたしかたない。そなたには少し頭を冷やしてもらう！」

充賢が合図すると、兵たちは林迅を取り押さえようと槍を突き出した。思わず宝具を抜きかけたが、どうにか思いとどまる。

まだ飛凰《ひおう》を御することができず、兵にどこまで危害を加えるかわからない。国のために働く罪のない彼らを国の宝である宝具で傷つけるのは人倫にもとる。そんなことをすれば、事態は悪くなる一方だ。

歯がゆい思いで林迅は宝具を強く握りしめた。兵たちは林迅の心を読んだのか、次々に槍を下げ、丁寧に彼の身体を取り押さえた。

2

城郭《じょうかく》内にある宿の一室で、緋利瑶《ひりよう》はじっと寝台を見つめていた。

寝台の上には、硝飛が瞳を閉じて横たわっている。その顔は蒼白で、瞼《まぶた》はピクリとも動かない。半分硬直が始まっているので、利瑶は彼の額《ひたい》に護符を貼り付けた。

今の硝飛の身体には魂魄は入っていない。護符は彼の身体が他の幽鬼に憑依《ひょうい》されないためのものだ。

どうしたものかと、頬《ほお》にかかる硝飛の髪をすいてやると、その肌は驚くほど冷たかった。紛れもなく、これは死体だ。

「――利瑶様」

房の外から女の声がかかり、利瑶は入室を認めた。入ってきたのは顔に面紗《めんしゃ》をした女だった。

女は面紗を取って、寝台に近づいた。日に焼けたそばかすだらけの頬と赤茶けた髪が目立つ。

「この方の具合はどうなのでしょう？」

「具合もなにも、もう死んでいる」

女の顔が痛ましそうに歪《ゆが》んだ。

「お気の毒に」

硝飛が迷楼閣で赤子を蝶輝に宿そうとした際、どうしたわけか激しい光暈《ハレーション》を起こし、彼は倒れてしまった。同時に赤子の幽鬼の気配も消えたので、利瑶は硝飛を担《かつ》いでどうにか迷楼閣から脱出したのだ。

しかし、その後どんな治療や術を施《ほどこ》しても硝飛は目を覚まさなかった。そのうち息も止まり、体内から魂魄の気配が消え、とうとう死後硬直まで始まってしまった。

もはやこれは死亡したと考えざるを得ないのだが、利瑶には一つ気になることがあった。

硝飛の宝具、蝶輝だ。

宝具は硝飛と共に迷楼閣から持ち出したのだが、試しに利瑶が鞘《さや》から抜こうとすると、バチバチと強い火花のようなものを放出して、利瑶を拒むのだ。それでも強引に抜こうとしたが、びくともしない上に、まるで意志があるように利瑶の手を思い切り弾《はじ》く。おかげで手のひらに火傷《やけど》を負ってしまった。

これは、宝具がまだ主を失っていないという証だ。硝飛の許可なく鞘を抜くことを蝶輝が許していないのだ。

困惑を隠さない利瑶を見かねたのか、女が硝飛の手首をとって脈を測った。たしかに、血は巡っていないようだ。すると、思いもかけないことが起こった。閉じられた硝飛の目尻から、涙が零《こぼ》れ落ちたのだ。

「利瑶様！」

女が声を上げると、再び硝飛の瞼から雫《しずく》が落ちる。

利瑶は硝飛の胸に耳を当てた。しかし、鼓動《こどう》は聞こえない。

「──っ」

今度は上衣の合わせをはいで、露《あらわ》になった胸に直《じか》に耳を当てた。

ド……クン。

利瑶は目を見張って更に強く胸に耳を押し当てた。

ド……クン、ド……クン、ドクン。

ほんの微《かす》かな音だが、たしかに聞こえる。心臓が動く音だ。

「生きているのか？　呼吸もせずに？」

ここでようやくある結論に辿《たど》り着いた。

「これは離魂病《りこん》だ」

「離魂病？」

女に問われ、利瑶は硝飛から離れた。

「離魂病とは、その名のとおり魂魄が身体から抜け出ることだ。おそらく硝飛は今、生きながら幽鬼となってどこかをさまよっているはずだ」

「そんな恐ろしいことになってしまって、大丈夫なのですか？」

「魂魄が抜け出た身体は仮死状態となるが、早く彼の魂魄を呼び戻さなければ本当に死んでしまうだろうな」

これで、蝶輝が他人を拒んでいるわけがわかった。硝飛はかろうじてまだ生きているのだ。

「――何を泣く硝飛。早く戻ってこい。そなたに死なれたら私は困るのだ」

利瑶はそっと硝飛の涙を人差し指で拭《ぬぐ》った。

第六章　さまよう魂

1

城の一室で軟禁状態にされ、林迅《りんじん》は己の心を静めようと瞳を閉じた。

こういう時こそ焦ってはダメなのだ。いったん頭を空にして、なにか策が浮かぶのを待つ。林迅は幼い頃からこうして難をしのいできた。

「殿下、お茶が入りました」

向かいに座る翠玲《すいれい》が林迅に茶杯を差し出した。

「ありがとうございます」

林迅が目を開けて礼を言うと、翠玲ははにかんだように笑った。

充賢《じゅうけん》と共にいる時は、凜《りん》として芯のある女性に見えたが、ふとした表情がまだまだ子供のように愛らしい。県主として人前に立つ時は懸命にそれらしくあろうと努力しているのかもしれない。

「県主自《みずか》らこのようなことをしていただかなくても結構です。私のことはお気になさらず」

「いいえ、父から林迅殿下のお世話をするようにと言いつかっておりますので……」

翠玲は困ったように曖昧《あいまい》な表情を浮かべた。

「殿下は、父にさぞお怒りのことでしょうね」

「……」

適切な答えを見つけられず、林迅は黙る。

「お気持ちは重々承知しております。父は本当に一本気な性格なのです。これが国のためだと判断したら、もう考えは曲げません。今だってこんな大それたことを……」

翠玲は申し訳なさそうに眉間《みけん》を寄せた。

「けど、私も信じられません。あの李《り》硝《しょう》飛《ひ》殿が邪魂児《じゃこんじ》だなんて……」

林迅は、じっと翠玲の言葉を聞いている。彼女が硝飛をどのように思っているのか興味があったからだ。

「硝飛殿は、とても心根の優しい方だと推察しております。見目麗《うるわ》しく、特に宝玉のような瞳の輝きは凡人のそれではございません。あの光彩を瞳に宿せるのはよほど内面が美しい者だけです。それに、あれほど屈託なく笑う方が邪気を放つ者であるはずがない……」

「……県主は、硝飛のことをよくご存じなのですね」

常に共にいる自分と同じように翠玲は硝飛のことを理解している。不思議に思う林迅に、翠玲はクスッと笑った。

「壁外の村で、あなた方二人は誰よりも目立っておりましたから。つい、引き込まれました」

「……」

ふと、梟《ふくろう》の鳴く声が聞こえ、翠玲は顔を上げる。

「いけない。もうこんな時間なのですね。今日はお疲れでしょうから、ごゆっくりお休みください。なにかあれば、外に兵が控えておりますので」

「……」

無言の林迅に丁寧に頭を下げると、翠玲はそっと部屋を出ていこうとした。それを林迅が引き止める。

「翠玲県主。墨東国《ぼくとうこく》はひどい地震があったようですが、城は無事だったんでしょうか？」

「城ですか……？　え、ええ。小物などはたくさん割れたりしましたけど、おかげさまで建物自体はあまり損傷しておりませんでした」

ふと翠玲は林迅から視線を外した。明らかに彼女は嘘《うそ》をついている。城に被害があったならあったと正直に言えばいいのに、なぜごまかすのか。

「そうですか。それはよかった」

林迅が言うと、翠玲は安堵《あんど》したような表情で軽く膝《ひざ》を折り房を出ていった。一人になり、林迅は素早く立ち上がる。

部屋の中は豪華な調度品であふれ、寝台も立派だ。軟禁状態にあっても不足なく暮らせるように最大限の配慮がなされている。相手は長期戦を覚悟しているようだ。

林迅は足音を立てずに慎重に部屋中を見て回る。窓は一つもなく、たった一つの出入口には兵が三人ほど立っている。護衛という名の見張りだ。

「……」

どうにかここから逃げる術《すべ》はないか考えていると、ふと背中に強い霊気を感じた。

とっさに宝具《ほうぐ》の柄《つか》に手をかけて警戒すると、「——林迅……」と己の名を呼ぶかすかな囁《ささや》きが耳に入ってきた。

聞き慣れた声に弾《はじ》かれたように振り向くと、にわかには信じられないことが起こった。まだ迷楼閣《めいろうかく》内にいるはずの硝飛が、目の前に姿を現したのだ。

しかも、なぜか全体が透けている。ヘラっと笑う顔はいつもと同じなのに、その実体だけが希薄で、今にも消えてしまいそうだ。

「無事でよかった、林迅」

そう言って、林迅に触れようとした硝飛の手がスッと身体《からだ》をすり抜けた。

「あれ、おかしいな？　もっと気合いを入れたら触れるようになるのか？」

硝飛はそう言って、グッと拳《こぶし》を強く握った。どうやら精神を統一しているらしい。

「そら!」

両手を広げて、勢いよく林迅に抱き着いた硝飛の感触に驚愕《きょうがく》する。きちんと肉体の肌ざわりはあるが、温もりがまったく感じられない。

「おー! 触れた触れた!」

硝飛は子供のように喜んで、ポンポンっと林迅の背中を叩くと満足そうに離れた。

絶句したまま立ち尽くしていた林迅は、ようやく事の重大さを理解して蒼白になった。

「硝飛……」

知らぬうちに涙が一滴頬《ほお》を伝う。

「お前……死……」

急に泣いた林迅に、硝飛はギョッとして叫んだ。

「ち、違う違う! 死んでない、死んでない! ……たぶん」

「たぶん?」

両手をぶんぶんと振って慌《あわ》てる硝飛に、林迅はもう一滴涙を落とした。白い肌をなぞる透明な雫《しずく》が上衣に落ちて染みていく。

「だから、死んでないってば、きっと! 泣くなよ林迅!」

硝飛は困惑しきって、林迅の周りをグルグルと回った。

「さっきから『たぶん』とか『きっと』とかなんなんだ」

死者の中には己の死を自覚できない者もいる。硝飛もその類《たぐい》なのだろう。

変わり果ててしまった彼があまりにも不憫《ふびん》で、林迅は涙を抑えることができなかった。

「何があっても、お前から離れるべきではなかった……」

「だから、あのな。いったん落ち着け！　涙を止めろ！　迷楼閣でな、赤子の幽鬼を蝶《ちょう》輝《き》に宿そうとしたんだよ。そうしたら激しい光暈《こううん》（ハレーション）が起きてさ、気づいたらこんなことになっててさ！」

「……それで死んでしまったと……。迷楼閣に遺体があるなら、祠堂《しどう》を破壊してでも回収しなければ……」

「人様の祠堂になにしようとしてんだ！　死んでねぇって言ってるだろ！　身体から魂魄《こんぱく》が離れただけの感覚だから、どうも離魂《りこん》病の可能性が高いと思うんだよ！」

「離魂病だと？」

林迅の涙がまるで絡繰りのようにスッと止まった。

硝飛はあからさまに残念そうな顔をした。さっきまで泣くと焦っていたのに、いざ涙を止めると不服らしい。

「あー、残念。お前の泣き顔を初めて見れたのに。お前、泣く時もきれいだからびっくりしたよ。瞳から玉が零《こぼ》れたかと思った」

「妙な感心をするな」

からかう硝飛を一蹴して、林迅は真剣な面持ちになった。もう、いつも通りに戻っている。

「離魂病なら、肉体はどこにあるんだ」

「それなら大丈夫。馬の人がさ、俺を迷楼閣から連れ出してくれたんだ。今は宿で眠っているはず……」

「まったく大丈夫じゃない！　こんなところでフラフラしてないでさっさと身体に戻れ！」

林迅は目を吊り上げて声を荒らげた。

「え――。なんだよ、急に。さっきまでシクシク泣いてたくせにさっさと身体に戻れ！」平気だって。なんだか知らないけど馬の人が甲斐甲斐しく世話を焼いてくれてるからさ」

「それが一番心配なんだ！」

「なんで？」

「なんでもだ！　あいつはだめだ。いろいろと危ない！」

「お前、馬の人をいったいなんだと思ってるんだ。失礼だぞ」

なんだと思うとは間が抜けた質問だ。あの男は硝飛にとってある意味一番危険な人物だ。その男が無防備な硝飛の身体の側にいるなんて、考えただけでもゾッとする。

「とりあえず馬の人のことは置いておいてさ、いったん話を整理しようぜ」

「──っ！」

林迅の中では一番置いておけないことだが、硝飛が言うことを聞きそうにないので、怒り任せに腰を下ろして翠玲の入れた茶を一気に飲んだ。とにかく頭を冷やそうと努力する林迅の前に硝飛も当然のように座る。

「あのさ。俺、魂魄が身体から抜け出た時に、お前がまだ赤子の幽鬼に囚《とら》われてると思ってたからさ、とにかく助けなきゃって懸命に念を込めたんだよ。そしたら、瞬間的にお前の側にすっ飛んでこれたんだけどさ。……いや、幽鬼って便利だよな。これなら馬に乗らなくてもどこへでも行けるぞ」

「のんきなことを言っている場合か」

硝飛を睨《にら》んだ林迅は、はたと気づいた。

「俺のもとへ飛んできただと？　お前、いつから側にいた」

「……」

硝飛は曖昧に目尻を下げた。懸念が的中し、林迅は言葉を失う。

「……まさか墨東王や清《せい》殿との話を？」

「あー、うん。気配を悟られないように、なるべく遠くにいたけどさ、それでもちゃんと見えてたし聞こえてた。お前があんなに怒ってるところを初めて見たよ」

硝飛は笑顔を貼り付かせたままだ。いつもは表情豊かなのに、こんな時だけ心の内を見せようとしない彼が歯がゆい。

「硝飛。あれは……」

「ああ、ごまかさなくても大丈夫。なんか、いろいろ衝撃すぎて何に驚いていいのかわからないけど。ちゃんと自分のことは把握した」

「……」

「俺が邪魂児？　蝶輝が邪宝具？　冗談だとしか思えないよな。……伯父さんは俺が疎《うと》ましかったのかとかさ……。なんか身内に会えて浮かれてたのが馬鹿《ばか》みたいだよな」

「硝飛」

林迅は片膝を立てて硝飛の肩に手を置こうとしたが、透けた身体に触れることはできなかった。幽鬼自身に触れる意志がなければこちらからの接触は難しいらしい。

こんな時でさえ口べたな自分を呪っていると、硝飛は軽く声を出して笑った。

「そんな顔をするなよ。実は俺はそこまで落ち込んじゃいないんだ。そりゃ、とんでもない話だなとは思ったけどさ。お前がそれを知ってもなお、俺を選んでくれたから……」

「――」

「けど、俺と宝具を天秤《てんびん》にかけて自分の命を投げ出すようなことは二度とするな」

硝飛は真摯《しんし》な眼差《まなざ》しで林迅を射貫いた。

「止めたくても止められなかった俺の気持ちがわかるか？　あの場で本当に斬《き》り捨てられ

たらどうするつもりだったんだ」

「……」

　硝飛はどこか悲しげだ。当然、本気で怒ってもいるのだろう。

　全てを知られているなら、もはやなにを言っても無駄だと判断し、林迅は腰を下ろす。

「邪魂児だろうがなんだろうが、お前はお前だ」

「うん……」

　硝飛はポリポリとこめかみを掻《か》いた。照れた時の硝飛の癖だ。

「まぁ、それで話を戻すけどさ。俺が離魂病になった原因がそこにあるんじゃないかと思うんだ」

「……どういうことだ？」

「今まで、幽鬼を蝶輝に宿して光暈を起こしたことなんて一度もなかった。けど、今回に限って蝶輝は光暈を起こした」

「ああ」

「俺が宿そうとしたのは赤子の幽鬼だ。引っかからないか？」

「——つまり、あの赤子の幽鬼は殺された邪魂児だと言いたいのか？」

「それが一番しっくりくると思うんだよな。でなきゃ、失敗した理由が思いつかない」

　邪魂児の硝飛が、邪宝具に邪魂児の幽鬼を宿そうとした。だからこそ、お互いの邪気や瘴気《しょうき》がぶつかり合い光暈を起こした。たしかに、そう考えれば辻褄《つじつま》は合う。

「なるほどな……なら、あの迷楼閣には邪魂児が眠っているということか」

「それ。そこもまた疑問なんだ」

「――？」

「俺は馬の人と一緒に五重の楼閣が建つ中庭に入った。――まぁ、仕掛けに引っかかって落ちたと言った方が正しいんだけど……」

「相変わらず粗忽《そこつ》な奴だな。気をつけろ」

「うるさい」

硝飛はムッとしつつ話を続けた。

「――とにかく、あの五重の楼閣だけど、おかしなことに出入り口がまったくなかったんだよ」

「出入り口がない？」

「ああ。しかも、あの仕掛け以外に祠堂側から中庭に出れる出入り口もなくてさ。ひょっとして、あれは侵入者を排除する仕掛けじゃなくて、唯一楼閣側へ行ける隠し扉だったんじゃないかと思ってな。楼閣が建つ中庭部分には草一本生えてなかったし」

「定期的に誰かが中庭を掃除していると。だが、楼閣側には出入り口がなかったんだよな？　入れない楼閣になんの意味があるんだ」

「だろ？　祠堂は必要以上に迷うように作られてて、邪気を祓《はら》う仕組みだ。まるで祠堂が中央の楼閣を守る結界みたいだと思わないか？」

林迅は硝飛《せいか》を見つめて同意した。楼閣に邪魂児が眠っていて、それを鎮《しず》めるための結界の役割を各世家の祠堂が担っているとしたら、あの全国的に珍しい形も頷《うなず》ける。

「――硝飛。俺も少し気になることがある」

「なんだ？」

林迅は声を低くした。

「まず、あの迷楼閣だが、地震後に不穏な出来事が起きるようになったと清《せい》殿が言っていた。ならば一番に修繕し、道士なり覡《かんなぎ》なりに鎮めの儀を行ってもらうべきだと思わないか？」

「そうだよな。いくら復興に力を置いているにしても先祖の祠堂だ。後回しにするべきところじゃない。怪奇があるなら尚更だ」

「となれば、鎮めの儀を行えない理由があると見た方がいい」

「行えない理由……？」

硝飛は無意識に茶を淹れようとしたが、幽鬼ではできないことに気がついて手を引っ込める。こんなことに念を使うのも馬鹿らしいと思ったようだ。

「鎮めの儀を行えない理由ってなんなんだ？」

「それはまだわからない。――それと、もう一つ」

林迅は茶杯に新しい茶を淹れて、硝飛の前に差し出した。「さすがに飲めないだろ。お供えかよ」と硝飛に突っ込まれたが、気分の問題だ。

「墨東王の彩《さい》充賢には娘の翠玲県主を含めて六人の子がいるはずだ。翠玲県主以外の子はたしか皆男だった」

「それが？」

「その息子たちが、五人とも現在この城にはいないらしい」

「五人とも？　それはおかしいな」

「墨東王は、息子たちは国境近くの砦《とりで》を守っていると言っていたが、現在隣国との関係は良好で、わざわざ皇族が出向いてまで指揮を執る必要はない。それでも一人や二人ならわかるが、五人全員となると、これは墨東国だけでなく龍貴国《りゅうきこく》全体の軍事に関する重大案件だ」

「うん」

「しかし、隣国が兵をあげる気配はない」

「――ってことは、墨東王は息子が城にいない本当の理由を隠しているってことだな？」

「そうだ」

「なんで隠す必要があるんだ？」

「そこを今考えているんだ。――それに、城のどこかで工事をしているのは間違いないと俺は思う」

「翠玲県主の様子が変だったもんな」

　硝飛は翠玲と林迅の会話もしっかり聞いていたらしい。

「そこでお前が工場で見た工事道具や、郡境の失踪《しっそう》事件だが……」

「息子たちがそれらを使って工事に携《たずさ》わってるって言いたいのか？　……でも、ざっと城内を見ただけだけど、城で大工事をしてる様子はなかったしなー。それに、わざわざ皇族が工事に手を下す必要はなんなんだ？」

「そうだな……」

　二人は額《ひたい》を合わせて考える。なんにせよ、郡境の失踪事件以外にもこの墨東国にはいろいろと謎があるようだ。

「なぁ、林迅。少しこの城内を探ってみないか？」

「そんな暇はない。早くお前は自分の身体に戻らないと大変なことになるぞ」

「少しくらい大丈夫だって！　せっかく俺たち城内にいるんだぜ？　これを逃すと城に入れる機会は二度と訪れないかもしれないんだぞ」

「だったら、俺が探る。お前は早く自分の身体に戻れ」

「いやだね。俺はお前を助けるまでは戻らない。――ってことは、解決策は一つ。二人で城を探って、そのあと二人で脱出する！　これが一番だ」

これは時折出る硝飛の頑固なところだ。林迅の無事を確かめるまでは、なにを言っても無駄だろう。

「——まったく、お前は……。あまり時間はかけられないぞ」

「わかってるって」

林迅は嘆息して立ち上がると、出入り口の扉に近づいて耳をそばだてた。

「見張りは三人だ。皇帝の宝具は使えない。さて、どうするか」

難しい顔で林迅が考え込むと、なぜか硝飛が軽い調子で右手を上げた。

「あ、それなら俺に任せろよ」

「？」

言うが早いか、硝飛はスッと姿を消した。

「——？」

何事かと考える間もなく、すぐに外側から扉が開いた。

「ほら、林迅。早く早く」

そう言って手招きしたのは、扉を見張っていたはずの兵の一人だった。

兵は目を瞬《またた》いている林迅の腕を摑《つか》み、房から強引に引っ張り出す。残りの二人は廊下にのびていた。

「もしかして硝飛か？」

問うと、兵がニヤリと笑って恭《うやうや》しく拱手《きょうしゅ》した。

身体は硝飛の二倍はありそうなほど筋骨隆々《きんこつりゅうりゅう》だ。顔の骨格は岩のように厳《いか》つく、年齢のせいか脂《あぶら》ぎっている。鷲鼻《わしばな》に分厚い唇なのに、表情はどことなく洒落《しゃれ》っ気のある硝飛だ。どうやら硝飛は兵の一人に憑依《ひょうい》し、身体を操って残りの見張りをのしたらしい。

「なんて便利な……」

「だろ？　だから言っただろ。幽鬼は便利なんだって。お前も一度なってみれば？」

「いや、遠慮する」

つい本音を漏らした林迅は、硝飛が得意げに胸を反らしたので、不自然に咳《せき》をした。

林迅は残りの兵を房に引きずり入れると、一人の甲冑《かっちゅう》を脱がして自分が着込んだ。兜《かぶと》をかぶれば顔も隠しやすい。これなら林迅だと気づく者はいないだろう。

「さて、どこから探る？」

なぜかワクワクしたように硝飛に尋ねられ、林迅は最初に書房に行きたいと言った。

「まずは城の図面を入手したい。探るにしても闇雲《やみくも》だと埒《らち》があかない」

「そうだな。……書房なら、この近くにあったはず」

硝飛は幽鬼になっている間に、ある程度ふらふらしていたらしく、書房の場所は把握済みだった。

二人は房を出ると、さっそく書房に向かった。

あまり広いとは言えない書房の中は薄暗く、古い墨《すみ》のにおいが充満していた。束ねられた紙や、木簡《もっかん》や竹簡《ちくかん》がびっしりと並べられている。これらもたぶん、地震のせいで全て棚から落ちただろうが、今は綺麗《きれい》に整理されていた。

「この中から城の図面を探すのは難儀だな」

二人は大きめの巻紙を見て回る。図面なら木簡などより紙に描かれている可能性の方が高いと思ったからだ。

ひたすら探し回っていると、ふと林迅の手が止まった。それに気づいた硝飛が声をかけて近づく。

「どうした？」

林迅が見ているのは、墨東国を治めてきた代々の墨東王たちの系図だ。墨東国など、国に封じられた郡の統治者は皇族と決まってはいるが、けっして世襲制ではない。もし今の墨東王がなんらかの理由で国を治められなくなれば、中央に任ぜられた新たな皇族が国に入る。ゆえに、系図は連綿と繫《つな》がっているわけではなかった。

「系図に気になるところでもあるのか？」

硝飛に問われて、林迅は現墨東王の正妃の箇所を指さした。

「墨東王の正妃は亡くなっているとは聞いていたが……」

系図にはその理由もしっかりと綴《つづ》られていた。

墨東王の正妃は十六年前の難産が元で亡くなっていた。

「十六年前の難産でってことは、翠玲県主を出産した時か……」

だとすれば、翠玲は母の顔も温もりも知らずに育ったことになる。

「なんだか、引っかからないか？」

林迅ははっきりとは言えず、窺《うかが》うように硝飛を見た。

「お産時の死ねぇ」

硝飛は両腕を組んだ。硝飛も不穏なことが頭をよぎったのだろう。だが、口にはしなかった。

「とりあえず、城の図面を探そうぜ」

頭を整理したいのか、硝飛はそう言ってもくもくと図面探しを再開した。林迅も同じように探すが、いくら時間をかけても城の図面は見つからなかった。

「城の図面なんて、いわば最重要秘匿《ひとく》案件だもんなぁ。こんなわかりやすいところに置いてないのかもしれないな」

「そうだな」

諦《あきら》めの言葉を吐く硝飛に、林迅も同意した。

これ以上時間を無駄にしてはいられないので、二人は書房を出る。こうなれば闇雲に探ってみるしかないと思ったその時だった。

「おい、馬貞《ばてい》。そんなところで何をしてるんだ？」

不意に、夜回り中の衛兵に声をかけられた。

書房の前だったので、二人は一気に緊張して身体を強張《こわば》らせる。どうやら硝飛が憑依している兵の名は馬貞というらしい。思いがけないところで名を知ることができた。

「あー。ええっと」

額に冷や汗をかく硝飛に、衛兵は訝《いぶか》しげに近づいてくる。

「お前、客人の護衛をしてなかったか？」

客人とは林迅のことだろう。彼は林迅の素性を知らないようだ。

どう返答していいか困っている硝飛に、林迅はそっと耳打ちした。

「重恩《じゅうおん》様から客人の件でお呼びがかかったと言え」

硝飛は重恩とは誰だとあからさまに不審げな顔をしたが、素直にそのまま口にした。

すると、衛兵は「そうか」とあっさりと納得してくれた。

「じゃあ、俺たちはこれで」

硝飛がそそくさと去ろうとすると、衛兵は二人を呼び止めた。

「おい、どこに行くんだよ。重恩様の居室がある宗南《そうなん》殿はあっちだぞ」

衛兵が南を指さしたので、硝飛はニヘラっと笑った。

「そ、そうだったな……」

「おかしな奴だな」

「こ、工事の疲れが出たのかもな」

「工事？　どこのだよ」

　カマをかけてみた硝飛の思惑通り衛兵は素直に答えてくれたが、ますます彼の顔が訝しげになっていく。

　つまり、少なくとも城で行われている工事をこの衛兵は知らないのだ。城の兵が工事を知らないことがあるのだろうか。

「休みの日に親戚の家の修繕を手伝ってるんだよ。何度も瓦《かわら》を担《かつ》いで屋根の上に登ったから大変でな」

「そりゃ、ご苦労なことだな。城は無事だったが、他はそうもいかなかったもんな」

　衛兵は納得したのか気の毒そうに眉をひそめて、あまり無理をするなよと言って去っていった。

「城の工事を衛兵が知らないなんてな。こりゃよほど内密で行われてるみたいだぜ」

「しかし、城を見回る衛兵にも知られずに工事を行える場所はどこなんだ」

　硝飛はチラリと林迅を見た。

「ところで、重恩って誰？　俺、ひやひやしたんだけど」

「重恩殿は墨東王の長男だ。先ほど系図を見て名前を知った」

「なるほど……。って、さっきの兵がなんの疑いもなく重恩殿の居室を教えたってことは——!」

「少なくとも長男は城内にいるということだ。これで墨東王の嘘が一つ暴かれた」

「お前スゲーな。あんな局面でよくカマをかけたな。もし城にいなかったらどうするつもりだったんだ」

「ある程度確信があったからな。それに、お前こそ危なっかしいカマをかけていただろう」

二人は顔を見合わせて思わず笑った。性格は正反対だがやはり硝飛と林迅は似た者同士だ。

2

硝飛たちは衛兵に教えてもらったとおり、南に向かった。とりあえず、いないことにされている重恩のことを探ってみようと思ったからだが、正殿と宗南殿を繋ぐ屋根付きの廊《ろう》橋《きょう》を渡っている時、ふと妙なものが目についた。

廊橋の東側は、紫や黄色、白など色とりどりの木蓮《もくれん》が咲き乱れる壮麗な庭園になっているのだが、その木蓮の間を縫うようにポワッとした灯《あか》りが動いていたのだ。

「誰だ？」

よく目を凝《こ》らしてみると、灯りの正体は翠玲だった。

「翠玲県主？　こんな時間に侍女も付けずにどこに行くんだ？」

翠玲は、漆《うるし》塗りの岡もちを持っている。いかにも重そうだ。

「彼女は、何かを知ってるはずだよな」

「ああ」

硝飛はしばらく翠玲を目で追っていたが、灯りが見えなくなると廊橋から飛び降りた。

「硝飛！」

あまり廊橋が高くないとはいえ、もう少しやりようがあるだろうと暗に林迅から責められて、硝飛はわざとらしく筋骨隆々の腕を大きく広げた。

「よし！　怖いなら俺の勇ましく広い胸に飛び込んでこい！　しっかりと受け止め――！」

全て言い終わらないうちに、林迅は軽々と廊橋から飛び降りた。

「行くぞ」

「完全に無視するなよ」

ちょっと逞《たくま》しい身体を自慢したかっただけなのに、あっさりとなかったことにされて硝飛は林迅を睨みつける。

二人は灯りを頼りに翠玲を追った。何度か木蓮の木の陰《かげ》に隠れるが、硝飛が大きすぎてまったく意味をなしていないのが哀《かな》しい。それでも翠玲は気がつかずに、とうとう木蓮の庭を抜けてしまった。

ある程度離れたまま追尾すると、翠玲は城の敷地に建てられた廟《びょう》へと向かった。

真夜中に廟になんの用があるのかと思ったが、翠玲はなぜか廟内には入らず、建物の裏側へと向かった。

好奇心を抑えられず、硝飛は翠玲が消えた廟の裏に近づいた。

「硝飛」

「しっ！」

ついてくる林迅に、硝飛は己の唇に人差し指を立てた。

どうでもいいが、この脂ぎった厳つい顔で茶目っ気のある仕草をされても……。

素直な表情の林迅に気づかず、硝飛はのっしのっしと歩き、翠玲の死角になるように廟の壁に貼り付いた。

不思議なことに翠玲は廟に見向きもせず、廟裏を囲む塀を探り始めた。あの塀は城壁なので、なにもないはずだが、翠玲は懸命に壁を探っている。すると、ギギギという錆《さ》びた音と共に壁の一部が開いたではないか。

「――っ！」

二人が驚いていると、翠玲は吸い込まれるように壁の中へと消えていった。壁が閉まった後で近寄ってみると、壁が仕掛け扉になっていることに気がついた。

試しにレンガの一部を押してみると、壁が先ほどのように錆びた音を響かせて、大きく開いた。その中を見て、硝飛と林迅は驚愕した。

壁の向こうはてっきり城の外だと思っていたが、なんと現れたのは地下に続く階段だったのだ。

「い、意味がわからねぇ」

さすがに硝飛は頭を抱えた。こんなところに地下に続く隠し扉があるのも理解ができないが、夜中に翠玲が入っていく理由もわからない。

「ここは国の要《かなめ》の城だ。有事に供えて、脱出経路があるのはおかしくない」

「そうだけどさ、なんで翠玲県主がこんな夜中に入っていくんだよ」

「後をつけてみよう」

言われて、硝飛はさっと近くの松明《たいまつ》を一本拝借してきた。

「よし、行こう」

そう言うと、硝飛は地下に続く階段を下りる。建物一階分下った先は長い地下通路に繋がっていた。岩肌はゴツゴツとしていて硬い。この地下通路を掘るのはさぞ大変だったことだろう。この岩盤《がんばん》ではつるはしを入れるのも一苦労だ。

そう思った瞬間、硝飛ははたと林迅を振り返った。

「もしかして、折れたつるはしって！」

「ここを掘るためのものだと？」

「そうだろ。だって、上の建物は大がかりな工事を行ってないみたいだし。……でも、地下なら？　地下をこっそり掘ってるなら、さっきの衛兵が知らないのも頷けるだろ」

「可能性はあるな。——とにかく、先へ進もう」

考えるのは後だと言われ、硝飛は再び歩を進める。

地下通路は東へ向かってまっすぐ掘られている。この先にはなにがあるのだろうか。硝飛が冒険心を隠せずにいると、前方から微《かす》かな話し声が聞こえてきた。どうやら女人《にょにん》の声のようだ。

しばらく進むと道が二手に分かれていた。一方はこれまでと同じように東へ。一方は北へと道が作られている。声は北側の道から聞こえるようだ。

とりあえず、二人は東側へと走り、北の道を覗《のぞ》いてみた。すると道の先に牢があるのが見えた。その前に立っているのは翠玲だ。

「今日は顔色がよいようで安心しました」

翠玲は牢の中にいる人物に親しげに話しかけている。

持参してきた岡もちから次々と水菓子や点心《てんしん》を取り出し、いくつかの本も牢内に差し入れた。

「なにか、必要なものがあったら、なんでも言ってくださいね」

「ありがとう」

牢の中から聞こえるのも女人の声だ。

翠玲は明るい顔で牢の中の人物と会話を楽しんでいる。やがて、もう遅いから帰りなさいと諭《さと》され、彼女は残念そうに牢に背を向けた。先ほどまであんなに弾んだ声を響かせていたのに、振り返った翠玲の顔はとても辛そうだった。

「……」

硝飛たちが身を隠すために更に東側に進むと、翠玲は二人に気づかぬまま元来た道を帰っていった。

硝飛は林迅の目を見て頷くと、翠玲がいた牢へと近づいた。牢の中の人物は、翠玲が戻ってきたと思ったのか、穏やかに視線を上げたが、二人の姿を見て顔を強張らせた。

「あ、あなたたちは？」

震える声で尋ねてきたのは、四十前後の美しい女人だ。囚人《しゅうじん》とは思えないほど清潔に着飾り、髪もきちんと結っている。ただ、長年日に当たってないのか、肌は病人のように青白く、見るからに窶《やつ》れてもいた。

牢内はいわゆる罪人が入る簡素で劣悪《れつあく》な監獄とは違い、調度品が揃《そろ》えられ、寝床もそれなりの寝台が置かれている。読み物も食べ物もたくさんあり、林迅が軟禁されていた時と同じように、丁重に扱われているのが窺えた。

「あなたはいったい……」

さっぱり見当がつかず素直に問うた硝飛に、女人は動きを止めたまま口をぎこちなく開いた。

「あなたたちこそ……なんなのですか？　見張りの者ではないのですか？」

「あ、ああ」

そういえば今は二人とも兵の格好をしているのだった。しかも硝飛は憑依中なので、強《こわ》面《もて》の親父《おやじ》だ。彼女が怯《おび》えるのも当然だろう。

硝飛はとりあえず、スッと憑依を解いた。兵がその場に倒れる。

「幽鬼!?」

女人の悲鳴に気がついた兵が起きかけたので、林迅が素早く当て身をくらわせて気絶させた。

さんざんな兵に手を合わせて、硝飛は改めて女人に向き直った。

「えっと、俺のことが見えますか？」

「え、ええ……」

「ああ、そんなに怯えないで。今はこんな姿になってますけど、ちゃんと生きてますから」

理解ができないのか、女人は首を傾《かし》げた。

「ちょっとした予想外の出来事があって、魂魄が身体から抜け出ただけだから気にしないでください」

気にしないでくださいと言うが、それならそれで大変ではないかと彼女の表情が歪《ゆが》む。

「えーっと、こいつは汪《おう》林迅で、俺は李硝飛といいます……」

「李……硝飛？」

なぜか、女人の表情が変わった。

「李硝飛……」

まじまじと硝飛を見つめ、女人は「似てるわ」と呟《つぶや》いた。

「あなた、中央の彩京《さいきょう》から来た人？」

「あ、はい」

「お父様はもしかして宮廷宝具師の李朱廉《しゅれん》殿？」

「は、はい」

次々と質問され、気圧《けお》されるまま答えると、女人の顔が一気に明るくなった。

「じゃあ、清桜雀《おうじゃく》を知っている？」

母の名を聞いたとたん、硝飛の気が昂《たか》ぶった。

「はい！　桜雀は俺の母です！」

硝飛が肯定すると、突如《とつじょ》女人の瞳から涙が零れ落ちた。

「桜雀の息子……！　ああ、なんてことなの。まさか生きて会える日が来るなんて！」

「……っ」

声を殺して泣き崩れる女人に、硝飛は困惑した。

「ええっと……あなたは母を知ってるんですね？　どういった関係だったんでしょうか」

「義姉《あね》です」

「義姉!?」

硝飛も林迅もギョッとした。

「え？　って、ことはまさか。伯父さんの……清貴燕殿の……」

「妻です。名は姚紅淳《ようこうじゅん》と申します……」

「――っ!?」

涙ながらに名乗る囚われ人に、二人は声を失った。

十年以上も前に失踪したはずの姚紅淳が生きていた。しかも、城の地下深くに囚われて。

「どういうことですか。なぜあなたがここに……？」

「……私にもわからないのです。十数年前、臨月《りんげつ》を迎えていた私は突然迷楼閣の前で攫《さら》われ、城で子供を産まされました。その後は我が子とも引き離され、長年この地下に閉じ込められ……」

「なんて惨《むご》いことを……」

ありえないことだ。城が紅淳を攫ったとすれば、国王の充賢が知らぬはずがない。ますます、この国に巣くう闇が理解できなくなった。

「どうして墨東王がそんなことを……」

紅淳は首を振るばかりだ。本当になぜこんな目にあっているのかわからないのだろう。

「じゃあ、生まれた子供はどうしたんですか？」

「あの子とは生まれてすぐに引き離され、まったくその行方は知りませんでした。生きているのか死んでいるのか、どんなに酷《ひど》い目にあっているのだろうかと……。私は毎日あの子のために祈りを捧《ささ》げてきました。……ですが、つい最近……」

なにかを言いかけた紅淳は、ハッと口を噤《つぐ》んだ。

子供の行方がわかったのだとすぐに悟り、硝飛は幽鬼の特権を活《い》かして牢の中に入った。

「もしやとは思いますが……あなたが産んだのは女児だったのでは？」

「……」

「そして、先ほどあなたを見舞ってくれた人物なのではないですか？」

「そ、それは違います！」

紅淳は真っ青になって、不自然なほど何度も首を横に振った。

「あの方は、偶然この場所を知っただけなのです。それ以来、私を気の毒に思って差し入れをしてくれているだけなのです。私が産んだ子だなんて……。そんな大それたこと……」

硝飛はそれ以上、追及することができなかった。

彼女が答えを知っているのかどうかはわからないが、どちらにせよ県主が囚人のもとに内密に通っているのは事実だ。真実を知っていても迷惑をかけたくないのだろう。

「貴燕伯父さんは、あなたをずっと探していたそうです。今でも新たな伴侶《はんりょ》を持たずにいる」

それを聞いて、紅淳の頰に再び涙が流れた。

「お願いです。夫に伝えてください。私は生きていると……」

「もちろんです。ですが、残念ながら俺は貴燕伯父さんに嫌われてて……俺が言っても信じてくれるかどうか」

当惑して硝飛が両腕を組むと、紅淳は髪に挿していた簪《かんざし》を抜いた。金細工に蒼玉《そうぎょく》が塡《は》め込まれた美麗なものだ。

「これは、私の宝具です。私は霊力があまりないので、宝具にも強い力が宿っていません が、清家に嫁《とつ》ぐ前からつけていたものですから、夫も見覚えがあると思います」

「――宝具なら、力が弱くても主《あるじ》の魂魄の波動を感じることができる。清殿なら、これが本当にあなたのものだと確信されるだろう」

林迅の言葉に救いを見いだしたのか、紅淳は鉄格子《てつごうし》越しに林迅に簪を差し出した。それを受け取った林迅は、おもむろに懐《ふところ》に入れていた清家の家紋が刻まれた水晶の根付けを取り出した。

「紅淳殿。この根付けに覚えがありませんか？」

「それは……」

紅淳の顔色が明らかに変わった。彼女は根付けを林迅から奪うように手にし、愛《いと》おしそうに眺める。

「これは、生まれてくるお腹《なか》の子のために、貴燕様が用意してくれたものです。私は子供がいつ生まれてもいいように、身重《みおも》の間は四六時中、身につけていました」

「やはりそうでしたか。これを誰かに預けませんでしたか？」

「はい。牢に入れられる前に私と一緒に囚われた侍女に託しました。私はどうなるかわからないから、生まれた子に渡してほしいと願って……。彼女はどうなったのですか？」

「残念ながら、唐良亜《とうりようあ》殿は亡くなりました」

「亡くなった？」

紅淳はそれも知らなかったらしく、衝撃を受けていた。侍女とは引き離されたが、どこかで生きていてくれると信じていたのだろう。

紅淳の瞳から再び涙が零れ落ちる。

「なら、どうしてこれをあなたたちが……？」

「ある女人が落としたものを偶然拾いました」

林迅は紅淳の手にある根付けを睨《ね》めつけた。――と、地面に転がっている兵が軽く呻《うめ》いた。もうそろそろ目を覚ましそうだ。

林迅は根付けを返してもらうと、硝飛に牢から出るように促《うなが》した。硝飛は透けた身体で紅淳に拱手する。

「それじゃ、紅淳おばさ……いや、伯母上。きっとまたここに来ます。あなたをこのままにしておけない。どうにか牢から救い出す術を俺たちで考えてみます」

「硝飛……」

紅淳は慈《いつく》しむように微笑《ほほえ》んだ。

「桜雀と私は幼なじみだったのよ。彼女は私が困っていると、いつもそうやって自信満々の笑顔で助けてくれた。……桜雀が亡くなった時は、涙にくれたけど、こうしてあなたに会えることができて嬉《うれ》しいわ」

紅淳は握れないのに硝飛の手を取った。硝飛は念を込めて彼女の手の温もりを感じる。貴燕とは違い、彼女は心から自分の存在を喜んでくれているようで嬉しかった。

「――硝飛」

林迅に急《せ》かされ、硝飛は牢から出ると再び兵に憑依した。

「それじゃあ、伯母上。簪は必ず伯父さんに届けますから、安心して」

硝飛はごつい顔と身体で無邪気に両手を振り、林迅と共に牢を後にした。

「驚いたな……」

　硝飛が呟くと、林迅がチラリと背後に目をやった。紅淳は祈るように両手を合わせ、二人の背中をいつまでも見送っている。

「翠玲県主はなんでここに通ってるんだ？」

「ああ……」

　林迅は曖昧に相づちを打つ。こうだという確証が得られないのなら、なにも言えない。だが、なんとなくいろいろなものが見えてきた気がする。

「伯母さんは最近って口走ってた。――ってことは、翠玲県主がここの存在を知ったのは少し前ってことになるよな」

「そうだな」

　どことなく林迅が上の空なので、硝飛はどうしたのかと尋ねた。すると、彼は一つの確証を得たように呟いた。

「唐良亜の娘は生きている」

「え？」

「先ほど紅淳殿は根付けを唐良亜に託したと言っていたが、彼女は十何年も前に亡くなっている。――とすると、根付けを娘に預けた可能性がある」

「そうだな。俺たちは最初、この根付けの持ち主は紅淳伯母さんが産んだ子供だと思ってたけど、伯母さんの話から考えると唐良亜の娘の可能性の方が高いよな……」

林迅は神妙に頷いた。

「娘は母の死後、何者かから逃げるために墨東国を出たが、最近になって舞い戻ってきたんだろう」

草がむしられたばかりの軟らかい墓地の土がそれを物語っている。きっと、娘が荒れた母の墓地をきれいにしたに違いない。

「でも、なんで今ごろ帰ってきたんだ？　母親が死んで逃げてたってことは、自分の命も危なかったんだろ」

「さぁな」

この十数年彼女がどこにいて、なぜ戻ってきたのかはわからないが、全ての謎を解く鍵は唐良亜の娘が握っているように思えてならなかった。

松明の減りが早くなってきたので、林迅は硝飛に声をかけた。

「硝飛、どうする。上にあがるか？」

「いいや。東の道もまだまだ奥に続いてただろう。行けるだけ行ってみようぜ」

「わかった」

林迅と硝飛はまっすぐに歩を進めていく。

いったいどれくらい歩いただろうか。持っていた松明が半分になった頃、奥の方からカーンカーンカーンと高い音が響いてきた。

明らかに、なにかを掘っている音だ。

なるべく壁沿いに身を寄せて先へと行くと、なにやら賑《にぎ》やかな場所が見えてきた。

十数人の男たちが、重武装に身を包んだ兵に働かされている。あまり手慣れた人足《にんそく》たちではないようで、懸命につるはしを振り上げる姿は頼りないものだった。それでも、男たちは塞がっている前方をただただ掘り進んでいる。

見たところ、地下の岩盤そのものを掘っているのではないようだ。元々先に続いていた通路が崩落し、道を塞いでいる大きな瓦礫《がれき》を砕いているのだ。

「もしかして、地震のせいで崩落したのか？」

「そうかもな」

二人が言葉を交わしていると、人足たちの中から悲鳴が上がった。

「殿下ー！　また一人倒れました！」

「もうだめだ。俺たちだけじゃ手におえねぇ！　家族のもとへ返してくれよ！」

倒れた人足のもとに集まり、他の人足たちが抗議の声を上げる。

それを剣を抜いて黙らせたのは、立派な甲冑に身を包んだ兵士だった。

「黙れ！　復旧すれば返してやると言ってるだろう！　早く手を動かせ！」

「嘘だ！　殿下たちは死んだ奴らを川に捨ててるだろう！　俺、こっそり話してるとこを聞いたんだぜ！」

「……うるさい！　手を動かせと言ってるだろう！　さもないと腕を切り落とすぞ！」

「──やめろ、重由《じゆうゆう》」

さりげなく隣の男に押さえられ、兵は不服そうに剣を収めた。

「しかし、重恩兄上、復旧を急がねば事態は悪くなるばかりです。なのにこいつらときたら……」

「いいから人足は傷つけるな。人手が足りなくなるばかりだ。それに、すでに向こう側に通じる気配が見えてきた。焦らずとももうすぐだ」

「──重恩に重由？」

兵たちの会話に林迅が呟く。硝飛は目線を向けた。

「重恩って墨東王の長男だよな。ってことは、重由も？」

「ああ。重由はたしか墨東王の三男だ」

硝飛は唖然《あぜん》とした。

「じゃあ、息子たちが全員国境の砦にいるって言ってたのはやっぱり嘘で、墨東王の子たちは自ら地下の復旧工事の指揮を執ってるってことなのか？　皇族なのに？」

「……人足の数に比べて、指揮をする兵が極端に少ない。これは意図的なことだろう」

「──じゃあ、身内だけで内密に行ってるってことだな」

硝飛は無意識にこめかみを押さえた。

「待てよ待てよ。なんだか、だんだんわかってきたぞ。やっぱり郡境の森で旅人や村人を攫って無理やり働き手にしてたのは、城の……もっと言うと、墨東王の仕業《しわざ》だったんだ。つるはしやその他の工事道具が大量に作られてたのも、この地下通路の復旧工事のため」

「必要な人足は墨東国の外から攫い、人足が死んだら葬《ほうむ》ることもせず川に流す。しかも、指揮を執るのは墨東王の身内のみ。この工事はそれだけの秘匿案件だ」

「……でも、この地下通路はいったいどこに繋がってるんだ？　東にまっすぐ進んでるみたいだけど。……それに紅淳伯母さんの件はこの地下通路となんの関係があるんだ？」

硝飛は難しい顔で顎《あご》をさすった。こんなことを言ってる場合ではないが、厳つい親父の顔なので妙に様になる。

「硝飛、もうかなり時間をとった。早く魂魄を身体に返さないと二度と戻れなくなるぞ」

「あ、そっか。――いやぁ、このおっさんが妙に俺の魂魄と馴染《なじ》んでるから、なんの違和感もなかった。いっそこの姿のまま生きようかな」

「いやだ」

きっぱりと言われて、硝飛は冷めた目を向けた。

「『ダメだ』でも、『やめろ』でもなく『いやだ』なんだな」

「ああ、いやだ」

「そこまで念を押さなくても。……お前さ。こういう時は普通、どんな姿をしていようとも俺たちは生涯の友だ！　とかなんとか感動的な言葉を言うべきじゃないの？」

「いやだ」

「何回言うんだよ。オウムか！　このおっさんの身になれ。厳つく脂ぎった顔と、立派な筋肉で懸命に国を守ってるんだ！　甲冑が腹につかえて息苦しくてもこの人は頑張ってるんだぜ！」

自分の方が失礼なことを言っているのに気づかないまま、硝飛は肩を怒らせる。それを見て、林迅は真面目《まじめ》に言った。

「人の姿形なんてどうでもいいし気にしない。だけどお前だけは李硝飛がいい」

「……」

相変わらずのド直球ぶりに、硝飛はおっさんのまま両手で顔を覆《おお》った。まともに林迅を見られず、ついプイッとそっぽを向いてしまったが、さぞかし奇妙な姿だろうと自分でも思う。

「わかった林迅。もう何も言うな。ちゃんと元に戻るから……」

第七章　迷いと本音

1

硝飛《しょうひ》の憑依《ひょうい》を駆使して無事に城から脱出した二人は、身体《からだ》がある宿へと急いで向かった。

まさか兵を連れていくわけにはいかないので、途中で憑依を解き、どこかの民居《みんきょ》の前に転がしておいた。目が覚めた時、彼はさぞ度肝《どぎも》を抜かれることだろう。さんざんな目にあわせた上に言いたい放題言ってしまった彼に形ばかりの謝意を示し、二人は走る。

「林迅《りんじん》、ここだ」

質素な宿屋の前で硝飛が止まった。中に入ろうとした時、偶然宿から出てきた女人《にょにん》とすれ違った。女人は顔に面紗《めんしゃ》をつけているが、どこか見覚えがある気がして林迅は振り向く。

「林迅？」

女人の後ろ姿をいつまでも見ている林迅に声をかけると、突如《とつじょ》林迅が走り出した。

「おい！」

硝飛は慌《あわ》てて後を追う。すると林迅はものも言わずに女の腕を摑《つか》んでその足を止めた。

「な、何をなさるんですか？」

戸惑う女人の許可も取らず、林迅はいきなり彼女の左袖《そで》を捲《めく》った。

「林迅！」

急に破廉恥《はれんち》なことをしでかした林迅に硝飛は焦る。――が、次の瞬間、我が目を疑ってしまった。

女人の左腕には見るも無惨に焼けただれた痕《あと》があったのだ。古傷なのだろうが、それでも目を覆《おお》いたくなる酷《ひど》さだ。

「放して！」

女人が金切り声を上げたので、林迅は我に返ったように彼女の腕を放した。無礼を謝る林迅を激しく睨《にら》みつけ、彼女は小走りで去っていった。

事情がわからないまま、硝飛は林迅の顔を覗《のぞ》き込む。

「お前らしくないな。彼女がどうかしたのか？」

林迅は額《ひたい》に手を当てて、難しい顔で黙り込んでしまった。

「林迅？」

「唐良亜《とうりようあ》の娘だ」

「え？」

「彼女は唐良亜の娘だ。間違いない」

言い切った林迅に、硝飛はポカンと口を開けた。それが本当なら、なぜ彼女がこんなところにいるのだ。

林迅は強い眼差《まなざ》しを宿へと向ける。彼の目は建物を通り越して中にいる者に向けられているようだ。

「とにかく、今はお前の魂魄《こんぱく》を戻すことが先だ」

他は全て後回しだと硝飛の思考を遮《さえぎ》り、林迅は宿に入った。混乱しつつも先に立った硝飛は、一つの部屋を指さす。

「この部屋だ」

林迅がすかさず部屋の扉を開けた刹那《せつな》、二人は予期せぬ事態に凍りついた。

緋利瑶《ひりよう》が、なぜか硝飛の上衣の胸元をはいでいたのだ。

「なにしてんだ？」

戸惑う硝飛が問いを投げるより先に、林迅がスッと倭刀《わとう》を抜いていた。今にも利瑶に斬《き》りかかりそうだったので、硝飛は泡を食って二人の間に入った。

「待った待った林迅！　殺すな、殺すな！」

飛び込んでくるなり血相を変えた二人に、利瑶はキョトンとしていたが、ようやく事態を飲み込んだのか気まずそうに両手を上げた。

「い、いや。激しく誤解だ！　心臓の音がだな……」

冷や汗をかきながら利瑶がなにか言っているが、林迅の耳には入らない。問答無用で倭刀を振り上げた時、利瑶がたまらず絶叫した。

「誤解だと言ってるだろう！　心臓だ、心臓!!　心臓の音が微弱だから、直《じか》に胸に耳を当てて聞いていたんだ！　定期的に確かめないと、死んでるのか生きているのかわからないだろう！」

鉄笛《てってき》で林迅の切っ先を受け止め、利瑶は必死に弁解する。

「心臓の音?」

ギリギリと押し合いをしている二人の横で、一人冷静になった硝飛が青白い自分の顔を見下ろした。たしかにはだけているのは左の胸だけだ。

「なんだ、そうだったのか。勘違いしてゴメンな！　あんた常に顔がにやけてるからさ〜。やることなすことあやしく見えるんだよ。——林迅、倭刀をしまえって。こんなところで斬り合いなんかしたら宿に迷惑だろ」

硝飛はまだ宝具《ほうぐ》を収めない林迅を宥《なだ》めた。しぶしぶ倭刀を下ろし、林迅は乱暴に利瑶を突き飛ばす。試しに硝飛の胸に耳を当ててみると、たしかに心臓の音が微弱で、耳を強く押しつけないと聞こえない。

「紛らわしいマネをするな。はた迷惑な顔をしているからこうなる」

「はた迷惑な顔とはなんだ⁉　そこは私を責めるところじゃないだろう！　まず、いきなり斬りかかってごめんなさいだ！　あと、二人ともさっきから失敬な発言が多すぎるぞ！」

理不尽すぎる二人に、利瑶は目くじらを立てた。

「普段から疑わしい素振りをしているから、こんな目にあうんだ」

「謝る気はなしか！　硝飛、君の連れはいったいどういう性格をしてるんだ！」

「――いや。普段はこんな奴じゃないんだよ？　むしろ、品行方正で他人の悪口なんか一切言わないんだけど……。よっぽどあんたのことが気に入らないみたいだ。俺、林迅があからさまに人を嫌ってるところ初めて見た。あんたすごいよ」

「それは褒められるところなのか⁉」

「褒められるところだよ」

うるさくいきり立つ利瑶を完全に無視して、林迅は硝飛の身体をじっくりと観察する。

硝飛の額には護符が貼られ、きちんと髪もすかれていて顔もきれいだ。どうやら、利瑶はずっと甲斐甲斐《かいがい》しく硝飛の世話を焼いてくれていたらしい。

林迅は一息ついて、立ち上がった。

「とりあえず、礼を言う。馬男《うまおとこ》」

利瑶は血管を切れ散らかしていたが、ふと自分らしくないと我に返ったのか無理に笑顔を作った。

「――まぁ、君も無事でよかったよ。君が赤子に攫《さら》われるヘマをしたせいで、硝飛が無茶をして死にかけたんだが、これは別に今言うことではないので私の胸にとどめておこう。本当は足手まといにもほどがあると罵《のの》りたい気分だが、それは大人のすることではないのでね」

「――っ」

「――全然胸にとどめてねぇよ！　林迅、気にするなよ。お前は俺を救けてくれたんだから！」

林迅と利瑶の間に激しい火花が散った。

お互い好意は微塵《みじん》も感じられない。硝飛は強引に二人の間に割って入った。

「と、とりあえずさ。俺そろそろ身体に戻りたいんだけど。……自分で入ろうとしても、なんか魂魄が弾《はじ》かれちゃってできないんだよなぁ。覡《かんなぎ》の修行をしていた林迅なら、どうにかできるか？」

「……」

林迅は更に渋い顔で硝飛を見た。

「なに？」

「いや……」

なにか言いたいが、言葉を出せない時に林迅はよく硝飛の顔を凝視する癖がある。それを知ってか知らずか、利瑶が素早く鉄笛を二人に突き出した。

「正式な覡でもない者に、こんな高度な術は任せられない。離魂《りこん》病の魂魄戻しは道士である私に任せてもらおう」

「——あんたに？」

硝飛が不安そうに利瑶を見ると、林迅が横で言った。

「魂魄戻しができないとは言わない。だが、奴の言うとおり、けっして失敗はできない術だ。正式な資格を持たない俺よりも馬男に頼んだ方がいいだろう」

「わかった」

虚勢をはらない林迅らしい言葉だ。彼がそう言うなら、利瑶を全面的に信用しよう。

「じゃあ、馬の人。よろしく頼むよ」

「——心得た」

硝飛が自分の身体の側に立つと、利瑶はおもむろに鉄笛を吹きだした。

心地いい音色の中、なんとなく鉄笛にぶら下がっている房飾りの金烏《きんう》に目を奪われる。と、突然妙な浮遊感に襲われた。

自分の意思とは関係なく、幽体がふわふわと浮いていく。抗《あらが》う間もなく利瑶に引き寄せられると、彼は鉄笛から口を離し硝飛に囁《ささや》いた。

「――君は実におもしろい。興味を引かれてやまないよ」

「え？」

あまりにも小さな声だったので、なんと言われたのかわからず、硝飛が目を瞬《またた》いていると、再び利瑶は笛を吹きだした。

浮遊感が更に増し、幽体が眠る身体の上に戻された瞬間、利瑶が硝飛の額に貼ってあった護符を剝がした。間髪容《い》れず、彼は呪符を硝飛の胸の上に貼り付けた。

「御魂《みたま》よ、現世に息吹く肉体に戻りたまえ！」

利瑶が片手で印を結ぶと、幽体が急激に硝飛の身体に吸い込まれていった。

一瞬、視界が暗闇《くらやみ》に包まれたが、すぐに凄《すさ》まじい光が硝飛の目を焼いた。

「うわっ！」

「――硝飛！」

あまりの眩《まぶ》しさに腕で瞼《まぶた》を覆うと、心配げに名を呼ぶ林迅の声が聞こえた。そっと腕をどかすと、上から覗き込む林迅と目が合った。

「林……迅？」

「硝飛！」

「あれ、俺……」

起き上がろうとしたが、身体が鉛《なまり》のように重くて動けなかった。

「じっとしていろ。魂魄が戻ったばかりだから身体の重さに慣れてないんだ」

「って、ことは……俺、生き返った？」

「ああ」

寝台の柔らかさを背中で感じる。試しに林迅の白くてふっくりした頰《ほお》を人差し指で押してみた。

なんとも心地のいい弾力と温もりだ。しかもつるつるではないか。

「おー。戻った戻った。幽鬼も悪くなかったけど、やっぱり自由にものに触れられるっていいな」

嬉《うれ》しくて何度も林迅の頰をつついていると、さすがに彼の顔が能面に戻った。

「やめろ」

「悪い。怒るなよ」

硝飛はようやくゆっくりと起き上がる。利瑶が満足げに微笑《ほほえ》んでいたので、硝飛は寝台の上で拱手《きょうしゅ》した。

「感謝するよ、馬の人……いや、緋利瑶殿。あんたは本当に凄《すご》い道士だ」

「それほどでもない。まぁ、私の宝具のおかげでもあるがな」

利瑶はくるりと鉄笛を回した。

林迅に身体の違和感はないかと聞かれたので、硝飛は腕に力コブを作ってみせた。

「すこぶる調子がいい！」

言ったとたん、腹からグーっと情けない音が響いた。自分で予想もしていなかったことに顔を赤らめると、利瑶がクスッと笑った。

「魂魄が離れている間は、ずっと飲み食いしてなかったんだ。なにか口にした方がいいだろう」

利瑶は言うが早いか、宿の者を呼びつけて三人分の食事を頼んだ。深夜にもかかわらず、宿の者は快《こころよ》く応じてくれる。

なんとか寝台から下りられるようになった硝飛は、目の前に並べられた食事に遠慮なくがっついた。

「ゆっくり食べろ」

林迅に心配されながら、硝飛は次々と箸《はし》を進める。半分ほど食べきったところで腹が落ち着いてきたので、硝飛は改めて林迅と利瑶を見た。

「なんか、こうして三人で食事を囲んでるのも不思議な気がするよな」

「そうだな。……私は迷楼閣《めいろうかく》で君が赤子の幽鬼を御してくれたおかげで助かったようなものだ。感謝しているよ」

「あれは御したとは言わないけどな。失敗したし」

硝飛は蝶輝《ちょうき》に手を伸ばした。利瑶が言うには、他人が抜こうとすると、まるで小さな雷のように激しく手を弾いていたそうだが、今は大人しいものだ。

「ところで、君たちはいったい今までどこにいたのだ？」

利瑶に問われ、硝飛と林迅は目を合わせた。彼に城で見てきたことを語ってもいいのか迷っていた。

「私が信用できないのはわかるが、こちらも少々気になることがあってね。ぜひ、君たちが持つ情報とすり合わせをしたいんだ」

「……」

彼は硝飛の身体を大事に守ってくれ、魂魄を戻してくれた。いわゆる命の恩人でもある。無下《むげ》にはできないと硝飛が悩んでいると、林迅が意外なことを言った。

「それなら、俺もお前に聞きたいことがある」

その目は油断ならない光を放っていた。硝飛は林迅の言葉の意味を測りかねたが、彼がそう言うならと、お互いの情報交換に乗ることにした。

「――じゃあ、馬の人。驚かずに聞いてくれよ。俺たちはさっきまで城にいたんだ」

「城？」

「そう」

硝飛がとうとう自分たちの身に起こったことを利瑶に語ると、利瑶は難しい顔で箸を置いた。

「なるほど。君は邪魂児《じゃこんじ》なのか……」

神妙な利瑶の顔を、林迅がまっすぐに見据《みす》える。

「だとしたら、君の伯父上が非情な策をとったのも納得がいくな。——だが、そもそもなぜ、墨東《ぼくとう》王と清貴燕《せいきえん》殿は林迅と邪魂児を引き離したいのだ？」

「まぁ、そこはあまり詳しいことは言えないんだけどさ」

さすがに林迅が皇族の宝具の継承者であることまでは言えない。言葉を濁《にご》す硝飛に、利瑶はそれ以上追及しなかった。

「硝飛が邪魂児ならば、迷楼閣の赤子の幽鬼も邪魂児の可能性が高いな」

察しがいい利瑶に硝飛は頷《うなず》く。

「そうだ。お互いの邪気がぶつかり合って、光暈を起こしたんだと思う」

「だろうね」

「——お前はあまり驚かないんだな」

林迅が意味ありげに言ったが、利瑶はふと笑んだ。

「充分、驚いているさ。君だって、あまり表情豊かな方ではないだろう？」

「……」

「まぁ、そんなことはどうでもいい。——君たちの話を聞いて、私はあることを思い出したよ」

「あること？」

香菜《こうさい》と茸《きのこ》の炒《いた》め物を口に放り込みながら硝飛が尋ねると、利瑶は職業柄耳に入ってくることだと前置きをして話しだした。

「墨東国には、邪魂児を祀《まつ》る廟《びょう》があると聞いたことがある」

「邪魂児を祀る廟？　……それって普通の先祖を祀る祠堂《しどう》とは別ってことか？」

「ああ。しかも、その廟は皇族専用のものだ」

「皇族専用!?」

「……」

驚く硝飛とは正反対に、林迅は静かだ。だがその目線は一切利瑶から離れない。その眼差しをあえて受け止めたまま利瑶は続けた。

「君には言いにくいことだが、皇族に生まれた邪魂児は最たる凶事であることは知っているか？」

「ああ。城で聞いた」

「龍貴国《りゅうきこく》が建国されて六百年、皇族に邪魂児が一人も生まれていないと誰が言える？」

「それもそうだな……。公《おおやけ》にされてないだけで、一人や二人生まれててもおかしくない」

「そうだ。さすがに数は少ないだろうが、皇族は六百年もの間、生まれ落ちた邪魂児を殺した後、中央から離れた場所にまとめて祀ってきたという」

「それが墨東国なのか……？」

「私もはっきりとしたことはわからない。あくまで噂《うわさ》の範疇《はんちゅう》だが、墨東国の国王が皇族の中でも優秀な者に限られているのは、国境が近いからだけではないのかもしれないな」

「じゃあ、その邪魂児を祀る専用の廟っていうのは、あの迷楼閣の可能性が高いな」

　硝飛が答えを急ぐと、利瑶は片手を上げて止めた。

「そこで、君たちが城で見てきたこととのすり合わせだ。迷楼閣内で私たちは赤子の幽鬼に襲われた。だが、一つ気になることがある」

「なんだ？」

「なぜか赤子の幽鬼には私の笛の音が届いていなかったんだ」

「あー。そういえば……」

　硝飛が迷楼閣での死闘を思い出していると、林迅がようやく口を開いた。

「――迷楼閣は全体が木造だ。楼閣内、もしくは祠堂内に邪魂児の廟が隠されているのなら、どんなに微《かす》かでも笛の音は届くだろう。だが、一カ所だけ笛の音が届かない場所がある」

　少しホッとして、硝飛は林迅に顔を向けた。

「地下だな」

「城の隠し通路は、東へまっすぐ進んでいた。城郭《じょうかく》内の位置を考えてみれば、城の東側は龍耀《りゅうよう》帝の廟、もしくは迷楼閣だ」

「ああ。おそらく、迷楼閣の地下に邪魂児の廟があるんだ。五重の楼閣は、ある意味地上に突き出た廟の一部。そしてそれを囲むように建てられた祠堂は廟を守る結界だ。……きっと、各世家《せいか》は家の祠堂が結界の役割を担っていることを知らないと思う。でなきゃ、皇族だけで地下通路の復旧工事なんかしないだろう」

いろいろと線が一本に繋《つな》がってきた。硝飛は推察を続けた。

「となると、地震のせいで地下通路が崩落したから、迷楼閣の下にある廟に行けなくなった。迷楼閣側からは地下に入れない。だから、定期的に行っていた鎮《しず》めの儀ができなくなった。そのせいで、今まで鎮められていた邪魂児の魂魄が幽鬼となって自由を得た……。そうみるのが一番辻褄《つじつま》が合うな」

「そうだ」

導き出した答えに間違いはないだろう。硝飛は林迅に言って、紅淳《こうじゅん》の簪《かんざし》を出してもらった。

伯母の病人のような顔色は、いまだに目に焼きついている。

「きっと、貴燕伯父さんも、迷楼閣の地下に邪魂児の廟があることや、城が地下通路で繋がってることを知らないんだ」

「ああ。知っていたら、紅淳殿があそこに閉じ込められているはずがない」

「──私もその意見には賛成だ」

利瑶が両腕を組んだ。

「邪魂児は、皇族にとって秘匿《ひとく》案件だ。いくら国尉とはいえ、皇族でもない清殿に墨東王が全てを語っているとは思えない」

「って、ことは伯父さんはなにも知らずに、ただ純粋に邪魂児の俺と林迅を引き離したかっただけなんだな……。これも忠義っていえば忠義なのか」

「……」

寂しそうに呟《つぶや》いた硝飛に、林迅は低い声で尋ねた。

「硝飛、その簪を本当に清殿に渡すつもりか？」

「もちろん」

迷いのない答えに、林迅はなにか言いたそうだ。

「わかってるよ、伯父さんは俺の敵だって言いたいんだろ？」

でも、と硝飛は続けた。

「伯父さんが俺に話してくれた紅淳伯母さんへの愛は本物だと思うんだ。たとえ、俺を迷楼閣に導くための策だったとしても、語ってたことに嘘《うそ》は一つもなかった。俺は、そう思いたい」

「そうか……」

林迅はそれ以上なにも言わなかった。止めても無駄だとわかっているからだろう。

「けど、なんで紅淳伯母さんがあんな目にあってるんだ？　やっぱり、なにか一つ謎を解く欠片《かけら》が足りない」

独り言に近く硝飛が呟く。

「……ああ」

「なぁ、翠玲《すいれい》県主の母上って、翠玲県主を出産した後、すぐに亡くなってるんだよな」

硝飛はぐぅっと黙り込んでしまった。もの凄く嫌な答えに行き着いてしまったのだが、林迅はどうなのだろう。

「あのさ、俺。とんでもないこと考えついちゃったんだけど……」

「これだけ条件が揃《そろ》えば誰でも思うことだ」

「だよな」

二人の会話を聞いていた利瑶の口角が上がったのを林迅は見逃さなかった。

「どうした馬男、まるで自分が墨東王の最大の秘密を知っているとでも言いたそうな表情だな」

含みのある林迅の言葉に、硝飛が利瑶を見る。利瑶がなんのことかわからないと言うので、林迅はおもむろに清家の家紋が刻まれた水晶の根付けを取り出した。

それを見て、利瑶の表情がわずかに変わった。

「これは、清家に仕えていた唐良亜という侍女が、失踪《しっそう》した清家宗主の妻から預かったものだ。だが、唐良亜は十数年も前に亡くなっている」

「ほう……」

利瑶が目をすがめる。林迅の出方を窺《うかが》っているようだ。

「俺は唐良亜の墓にも行ってきた。荒れているはずの墓は彼女のものだけ綺麗《きれい》に清掃されていた。──無縁であるはずの彼女の墓に、誰が参ったのか。そして、清家の根付けがなぜあの茶楼《さろう》に落ちていたのか。考えられることは一つだと思わないか？」

「──さぁ、わからないね」

「唐良亜には娘がいた。娘は行方知れずだったが、どうやら生きているらしい。そして、なぜか今さらこの国に帰ってきた」

「なぜそう思うのかな？」

落ち着いた表情を作る利瑶に、林迅はカンッ！　と音を立てて卓に根付けを置いた。

「俺が彼女を見たからだ。茶楼でも、そしてこの宿屋の前でもな」

「──」

「緋利瑶。お前と鉢合わせするところにはなぜか彼女がいる。これは偶然では片付けられないぞ」

「……」

硝飛は内心でそうだったのかと納得した。茶楼での件は硝飛の知るところではないが、どうやら林迅は唐良亜の娘を見かけたのは一度ではないらしい。

「君は侮《あなど》れないな」

利瑶が完敗だと言わんばかりに肩をすくめた。

「たしかに、唐良亜の娘と私は繫がっている」

「どういう関係だ」

「それは今は言えない」

「――はぁ？」

林迅の代わりに硝飛が不満の声を上げた。ここまで暴かれておいて、言えないはないだろう。

「だが、信じてほしい。私はけっして君たちの敵ではない」

「信じられるわけがないだろ」

「私の正体はいずれ明かそう。だが、今は待ってほしい。私にも都合というものがある」

「何言ってんだ、あんた」

「少なくとも私は君たちと出会ってからこっち、なに一つ嘘はついていないよ」

しれっと言ってのけるあやしい男に硝飛は呆《あき》れる。だが、林迅は違った。冷静に男のことを見極めているようだ。

ずっと警戒して注意深く観察しているが、利瑤はやたらと皇族の内情に詳しい。道士という仕事がら耳に入ると彼は言うが、それだけではさすがに片付けられない情報量だ。特に墨東国に邪魂児の廟がある話は、その最たるものだろう。

義父《ちち》と共に中央に仕え、今では皇族にその名を連ねる林迅でさえ知らなかった案件だ。

この男はいったい何者なのか。

「墨東国に従兄弟《いとこ》がいるというのは？」

「本当だ」

利瑤の正体についてあらゆる可能性を考えていると、利瑤がなぜか鉄笛を二人の前に差し出した。

「この鉄笛に誓ってもいい。君たちにはけっして害は加えないと」

「――いや、そう言われても」

ますます疑いの眼差しを向ける硝飛と共に鉄笛を見た林迅は、ふと重要なことに気がついた。

彼が見せているのは、鉄笛そのものではなく、鉄笛にぶら下がっている三本足の金烏の方ではないのか。

太陽の化身と言われる三本足の金烏。

あれこそが、彼の本当の名を表しているのではないだろうか。

（まさか……）

林迅は愕然《がくぜん》として利瑶を見つめた。彼は微かに目を伏せて鉄笛を懐《ふところ》にしまった。

自分の予想が正しいとしたら、まったく笑えない冗談だ。

なおも利瑶を問い詰めようとした硝飛を、林迅はさりげなく止めた。急に追及を緩《ゆる》めた林迅に硝飛は目を瞬く。

見当もつかない硝飛が戸惑うのもあたりまえだ。それでも林迅は硝飛を黙らせた。

利瑶がなにを考えているのか、一度、彼と二人で話してみたいと目で伝えると、硝飛は不服そうだが腰を落ち着けてくれた。

「馬男、少し外に出ないか？」

そう言うと、利瑶は了承した。二人で立ち上がると、硝飛はのけ者にされたと、その場でふて寝した。ちゃんと寝台で寝るように言ったが、彼はわざとらしく寝返りを打ち、林迅に背を向けた。

二人が出ていってすぐ、硝飛はむくりと起き上がった。

あんな話を聞いて、素直に大人しくしているほど自分は聞き分けがよくない。盗み聞き上等で部屋を出ると、廊下を曲がった先に二人の姿を見つけた。

林迅と利瑶はなにやら深刻な表情で話し込んでいる。

大の男が顔を突き合わせて、なにをこそこそしているのだ。

硝飛は素早く二人の死角に隠れた。じっと聞き耳を立てると微かに林迅の声が聞こえてきた。

「お前は、最初から硝飛が邪魂児だと知っていて俺たちに近づいてきたんだな」

問い詰める林迅に、利瑶がニヤリと笑った。その笑みが何を意味するのか、硝飛にはわからない。

「……今さら否定してもしかたがないな。そうだよ、私は最初から硝飛が邪魂児だと知っていて近づいた。君にも言っただろう。私は邪魂児と邪宝具にとても興味があるんだ」

「なぜそこまで邪魂児に執着する」

「おもしろいじゃないか。人々は魂魄の欠けた者を忌《い》み嫌うが、私はそうは思わない。魂魄が欠けようが、母体が産み落とす力をなくそうが、それでもこの世に生まれ落ちてきた邪魂児は生命力の塊《かたまり》そのものだ。それなのに、人々は彼らを殺す。――成人まで成長して、なおかつ宝具を邪宝具に変えたものなど、それこそ稀《まれ》だ。硝飛はこの世の奇跡そのものなんだよ」

「……」

林迅はじっと利瑶を睨み据えた。

正直、硝飛は嫌な気持ちはしなかった。忌み嫌われる存在である自分を、そこまで認めてくれるのは利瑶ぐらいだろう。少しおもしろがられているのは気にくわないが。全否定されるよりマシだ。

「――なぜ、お前は硝飛が邪魂児だと知っていた？　華郭島《かかくとう》で邪宝具が使われた噂が出たと言ったが、それを耳にしたとしても、どうして邪宝具の主《あるじ》が硝飛だとわかる？　お前が知る情報は全て一般の道士の域を超えている」

「何が言いたいんだい？」

「わかっているだろう」

窓硝子《ガラス》から入る月明かりに照らされた林迅の姿は、人間の罪を暴く天人のように美しかった。

「…お前は俺たちに何一つ嘘はついてないと言ったが、肝心なところだけは偽《いつわ》っているはずだ」

「なにかな？」

「緋利瑶……この名はお前の本当の名ではないな？」

「……おや。ちゃんと私の名前を覚えてくれていたのか。本気で馬男と覚えられてしまったのかと心配したぞ」

聞いていて硝飛はハラハラした。利瑶の態度は常に人を食っていて腹が立つ。さすがに林迅も冷静でいられないのではないかと思ったが、林迅は予想に反して、眉一つ動かさなかった。

「そのうちわかるさ。私には私の務めがあるんだ」

「俺の予想が正しいなら、なぜ、お前が唐良亜の娘と共にこの墨東国にいる？」

もう自分は答えを知っている。そんな表情だ。

「務め？」

林迅は微かに鼻で笑った。

「――お前は唐良亜の娘をわざと茶楼で倒れさせ、俺に近づく口実を作った。この根付けを彼女が落としたのも偶然じゃない。お前の指示じゃないのか？」

「なぜそう思う？」

「俺たちが墨東国の真実に近づけるようにだ」

「……」

「まんまと俺と硝飛はお前の駒《こま》にされていたわけか」

「そんなつもりはなかったが……。ふむ、言われればそうかもな」

利瑶ははっきりと答えを言わず、林迅の顔を意味深に覗き込んだ。

「かわいそうにな。硝飛は泣いていたぞ？」

「……っ」

「あれだけ辛い事実を聞かされたら、平気でいられる方がおかしい。お前の前で泣くに泣けないから、空っぽの肉体が涙を流したのではないのか？」

「……」

「硝飛を手放してやってはどうですか、林迅殿下？　それが、あなたと彼のためだ」

（──林迅殿下⁉）

挑発的な利瑶の言葉に、硝飛は声を出しそうになった。利瑶は林迅の素性まで知っているのか。

「私に彼を譲れば、全てが丸く収まる」

「断る」

利瑶はクスッと笑んだ。

「なんとも一途《いちず》で頑固なことだな。選ぶのは皇族の宝よりも邪魂児の李《り》硝飛か。とんだ反逆者だ。──だが、硝飛の方はどうかな？」

硝飛はドキッとして、息を詰めた。

「硝飛の性格は君が一番よく知っているだろう？　彼が自《みずか》ら君から離れないという保証はないよ？」

「──っ」

林迅はなにも言わなかったが、顔はこれ以上ないほど不快感を示していた。林迅が一番懸念しているのはそれなのだと知って、硝飛は胸が痛くなった。

（お前は優しいからな。絶対に俺を捨てるようなことはしないだろう？　――わかってるよ。でも……）

やっぱり、皇帝の宝具と邪宝具は共存してはいけないものではないのか。城でも林迅は硝飛のせいで自らの命を犠牲にしようとした。そんなことは絶対にあってはならないのに。

だとしたら、どうすることが一番よいのか。自分はいまだに答えを見つけだせずにいる。

不毛な考えに支配されそうになり、硝飛は激しく頭を振った。

そうこうしていると、利瑶が話を打ち切った。見つかってはまずいと、硝飛は慌ててその場から離れる。

部屋に戻り、硝飛は寝台に寝転がって、もそもそと布団をかぶった。しばらくして林迅と利瑶が戻ってきた。二人とも部屋では無言を貫いているが、空気の悪さだけはひしひしと伝わる。

硝飛は布団をかぶったまま目を閉じた。

今日はなにも夢を見ず、ただひたすら眠りたい。

明日の伯父との対決のためにも、心の余裕は作っておきたかった。

第八章　崩壊する信頼

1

城郭《じょうかく》内、東の末端。日があまり当たらない無縁墓地にひっそりと女が一人現れた。女は日当ての墓碑《ぼひ》の前に膝《ひざ》をつくと、面紗《めんしゃ》を取り地面にひれ伏した。

「母さん、もうすぐよ。もうすぐ無念が晴らせる……！」

女はそばかすだらけの頬《ほお》に流れる涙を拭《ぬぐ》った。女だてらに重労働ばかりしてきたせいか、髪も日に焼けている。あまり栄養のあるものを食べてこられなかったので、手足は細く、身体《からだ》も小さい。もう三十手前だというのに、歳《とし》より幼く見られるのはしょっちゅうだ。

女がこの墨東国《ぼくとうこく》から逃げ出したのは、十一の時だった。

父はすでに亡く、母がある世家《せいか》の侍女として働き、女手一つで育ててくれていた。だが、ある日突然、母は女のもとに帰ってこなくなった。

一日たち、三日たち、七日たち。なんとか家にあるもので飢《う》えをしのぎながら約一月たった頃、母は深夜にようやく家へ帰ってきた。

『銘々《めいめい》、銘々！』

母は血相を変えて幼い娘の名を呼び、震える手で抱きしめてくれた。

『母さん！』

嬉《うれ》しくて抱き返すと、母はすぐに銘々を離した。

『銘々。ここを出るよ！　急いで支度をおし！』

『出るってどうして？　どこに行くの？』

『いいから、早く！』

母に急《せ》かされ、銘々はとりあえず父の形見の剣と、大事にしていた人形を手に取った。

その時、家の外から数人の男の声が聞こえた。母の目に警戒の色が浮かび、とっさに銘々を大釜《おおがま》の中に押し込んだ。

『いいかい、絶対に声を出すんじゃないよ！』

『母さんは？　母さんも隠れようよ』

銘々の言葉に、母は淡く微笑《ほほえ》んだ。銘々の頬を撫《な》で、そして風呂敷に包まれた荷物を大釜の中に入れる。

『いいかい、銘々。その中にあるものはけっして誰にも見せてはいけないよ』

『なんで？』

『いいから！　静かになったら、その荷物を持ってすぐに墨東国を出るんだ。どんな手を使ってもいいから。遠くへ遠くへ、東から一番遠い場所へお逃げ！』

『やだよ、母さんも一緒に行こう？』

『……』

母はなにも言わず瞳を細めて、大釜の蓋《ふた》を閉めた。

『母さん！』

銘々が蓋を押し上げようとした時、怒濤《どとう》のように大勢の足音が聞こえた。

『見つけたぞ！』

男が怒鳴っている。母が抗《あらが》うように何か叫んだが、そのうち誰の声も聞こえなくなった。あまりの恐怖にまったく動けなかった銘々は、夜が明けた頃ようやく大釜の蓋を押し上げた。そこには誰もいなかったが、家の中はメチャクチャに荒らされ、ところどころ血痕《けっこん》が落ちていた。

『母さん？』

ためしに呼んでみても、あの優しい声は聞こえない。銘々は泣きながら母に託された風呂敷を抱きしめた。

『母さぁん……』

ひとりぼっちになった銘々は、トボトボと家を出た。

『東から一番遠い場所……』

幼い銘々にはそれがどこかもわからない。だが、歩き続けるしかなかった。

母の教えだけをひたすら信じて……。

「──母さん、もうすぐよ。もうすぐ仇《かたき》が討てる」

唐《とう》銘々は長年胸を焦がし続けた復讐《ふくしゅう》心が燃え上がるのを感じていた。

念願はもうすぐ叶う。

その時こそ、自分の本当の人生が始まるのだ。

2

夜が明けると利瑤《りよう》はもういなかった。

林迅《りんじん》が言うには、早朝に身支度をして出ていったそうだ。

もう一度ちゃんと礼をしたかったが、彼も彼でやることがあるらしい。昨夜盗み聞いた林迅との会話も相まって、ますます摑《つか》み所のない男だ。

利瑤の正体について林迅はなにも語らなかった。彼は内にため込むタイプなので、あえてこちらから追及した方がいいのだろうか。

上の空で朝食を終えると、林迅がおもむろに紅淳《こうじゅん》の簪《かんざし》を取り出した。

「いよいよだ。後悔しないな」

「しないよ」

「お前は更に傷つくことになるかもしれないぞ」

「大丈夫だって。油断してなきゃ俺だってそこそこ強いんだから」

「そうではなく……」

「なに？　逆に俺が貴燕《きえん》伯父さんを傷つけることになるかもしれないって？　たしかにそれも考えられるよな。斬《き》りつけられたら、応戦しないわけにはいかないし。まぁ、でも邪《じゃ》魂児《こんじ》を持った家の不運ってことで諦《あきら》めてもらうしかないだろ。先に俺を殺そうとしたのは伯父さんなんだし」

「硝飛《しょうひ》……」

「冗談だよ、冗談！」

硝飛は努めて明るくふるまった。少しでも硝飛らしさを失っていたら林迅は清家《せい》への訪問を止めるだろう。それだけは避けなければならない。

「どんなことがあっても俺は平気だ。だけど、いざとなったら自分を一番に考える。これでいいんだろ？」

硝飛が基本姿勢を述べると、林迅はようやく納得したように紅淳の簪を渡してくれた。

それを大事に懐《ふところ》にしまい、景気づけに一杯だけ酒を飲む。いつもなら朝から飲むなと林迅に叱《しか》られるが、今日はなにも言われなかった。

「行こう！」

気合いを入れて立ち上がる硝飛に、林迅は今思い出したように言った。

「ああ、そういえば馬男《うまおとこ》からの伝言があった」

「伝言？　なんだよ、そんなのがあるなら早く言えよ」

「『欠片《かけら》は自《みず》ら訪れる』だそうだ」

「──は？　なにそれ、どういう意味だよ。いちいち『謎めいた私』を演出しすぎだろう。どうせ小粋《こいき》に片目でも閉じて言ったんだろうけど、お前の能面でバシッと弾《はじ》き返されたのが目に浮かぶぜ」

まるで見ていたように言い、硝飛は身体を伸ばした。

「まぁ、いいや。面倒くさいからとっとと行こうぜ」

利瑶の思わせぶりな態度や言動は癖なのだろう。わざわざ付き合って言葉の意味を考えるのは億劫《おっくう》だ。伝言の話を打ち切って宿を発《た》とうとすると、利瑶が三人分の宿代を払ってくれていたことを知った。

「馬の人……いい奴じゃないか。面倒くさいなんて言って悪かったな」

今さらかと怒られそうな台詞《せりふ》を吐きながら、硝飛は意気揚々《いきようよう》と外に出た。

「あー。生身の身体で浴びる太陽って、こんなに気持ちがいいんだな」

満面の笑みで大幅に歩を進めながら、硝飛は林迅と共に清家に赴《おもむ》いた。

相変わらず威風堂々とした邸《やしき》には圧倒されるが、気圧《けお》されている場合ではない。門の前に仁王《におう》立ちした硝飛に、門番たちは目を剝《む》いた。

門番の一人が二人の前に立ち塞がり、一人が邸の中に走っていく。

邸内が一気に騒がしくなり、しばらくして清貴燕が門の外に姿を現した。

「硝飛……！　林迅殿下……!?」

林迅が城から抜け出したことはすでに貴燕の耳に入っていたのだろう。逃げたはずの林迅が、生死不明のままだった硝飛と共に自ら訪れたのだ。愕然《がくぜん》としないはずがない。

「殿下、なぜここに……！」

貴燕の配下が、ざっと二人を取り囲む。

「今から捜索に赴くところでございました。まさか、殿下から当邸に出向いてくださるとは……。どのような思惑があってこのようなことを……？」

貴燕はあえて、硝飛には目を向けない。気まずいのか、眼中にも入れたくないのか。

別に硝飛はどちらでもかまわなかった。それぐらいのことで傷つくつもりはない。

「伯父さん、この俺としたことがまんまと騙《だま》されたよ。うっかり迷楼閣《めいろうかく》で死にかけた」

硝飛が嫌味たっぷりに言うと、貴燕があからさまに構えた。

「それで、仕返しに来たのか？」

「まさか、そんな幼稚なことはしないさ。俺の存在を喜んでくれるのは伯父さんより紅淳伯母さんみたいだからさ。彼女の願いを叶えに来た」

「──っ！」

ここで、ようやく貴燕の眼差《まなざ》しが身体ごと硝飛に向いた。

「紅淳の願い？　それはどういう意味だ」

硝飛は紅淳から預かった簪を貴燕に見せる。

「伯母さんの宝具《ほうぐ》だ。あんたは見ればわかるだろ？」

「紅淳の宝具だと？　なにをバカなことを！」

貴燕は問い詰めるように硝飛へ近づいた。林迅が己の宝具に手をかけて硝飛に身体を寄せるが、あえて邪魔はしない。

見事な金細工から蒼玉《そうぎょく》の位置まで間近で確かめて、貴燕はようやく硝飛の手からそれを受け取った。一瞬、衝撃を受けたように息を止める。

簪から紅淳の魂魄《こんぱく》の気配を感じたのだろう。

「これはまさしく紅淳の宝具……！」

「わかるだろ、伯父さん。宝具から魂魄の気配を感じるっていうことは……」

「紅淳は生きているのか!?」

「そうだよ」

配下の者たちも騒然となった。

十数年前に失踪《しっそう》し、すでに亡くなった者として祠堂《しどう》に祀《まつ》られている宗主の伴侶《はんりょ》が生きているというのだ。誰もにわかには信じられなかった。

「なぜお前がこれを持っている!?　紅淳は今どこにいるのだ！」

簪が折れそうなほど強く握りしめて硝飛に詰め寄る貴燕を、林迅が手で制する。硝飛はフンッと鼻を鳴らした。

自分に悪感情を持っている相手に下手に出るのは好手ではない。どんな時でも不遜《ふそん》で態度は大きく。これこそ硝飛の真骨頂《しんこっちょう》だ。

「まぁ、落ち着けよ伯父さん。こんな門前で騒いでたら城に俺たちの存在がばれるだろ？　一応林迅殿下は城から追われる身なんだし……。あー、でも邪魂児を家に入れたくないっていうなら、話は別だけど。――な、林迅」

同意を求めると林迅はチラリと硝飛に視線を流した。

貴燕は額《ひたい》に脂汗《あぶら》をかいた。今すぐ硝飛たちを捕らえるという選択肢は、すでに彼の中ではなくなっている。それを見極めた硝飛は、わざと貴燕から簪を奪い返した。

「――っ！」

「伯父さん。きちんと俺たちの話を聞く気があるなら、敬意をもってお茶の一杯でも用意してくれよな」

貴燕は大きく嘆息した。無言で踵《きびす》を返した彼に配下の者は戸惑う。

硝飛は勝利を得たことを悟り、林迅に笑みを零《こぼ》した。


「そんなことが信じられるものか！」

初めて清家を訪れた時に通された客間で、硝飛は貴燕と対峙《たいじ》した。

城に地下通路があること。それが迷楼閣に通じている可能性があること。そして、迷楼閣の下には皇族専用の邪魂児の廟《びょう》があること。その全てが貴燕は初耳だったらしい。

「地下通路の復旧のためになんの罪もない者が攫《さら》われ、酷使されているだと!?　それほどの大事になっているなら、なぜわしの耳に入ってこんのだ！」

「邪魂児は皇族の秘匿《ひとく》案件だからです。あなたが墨東国の国尉でも同じこと。皇族でなければ部外者です」

冷淡な声で棘《とげ》のある言い方をした林迅に、貴燕はグッと言葉に詰まる。

「そなたたちの言うことが本当だとしてもだ。それと紅淳となんの関係があるのだ」

生真面目《きまじめ》にお茶が運ばれてきたことに苦笑しながら、硝飛はようやく紅淳の話に触れた。

「伯母さんは地下通路の牢に囚《とら》われてたんだよ」

「地下通路の牢だと!?　なぜだ」

「それは……」

その理由は見当がついているが証拠がない。憶測を言うべきかどうか迷っていると、貴燕の目がみるみる吊《つ》り上がった。

「でたらめなことを言うと容赦《ようしゃ》はせんぞ！　あれが十数年間も牢に入れられる必要がどこにあるのだ！」

「――しかも、わざわざ誰の目にも触れない地下通路に、です」

思いがけず林迅が後をとったので多少冷静になったのか、立っていた貴燕は腰を下ろした。

「そうだ。城には牢などたくさんある。もちろん、重罪人を捕らえておく天牢もだ。当時、紅淳が罪を犯していたとは思えん。とすれば、あれの姿を世間から隠すことこそが真の目的ではないのか!?」

「清殿もある程度は、頭が働くようだ。血を分けた甥《おい》を殺そうとする思慮の浅い人物とは思えない」

「――り〜ん〜じ〜ん」

硝飛が林迅の肩を叩いた。貴燕の額に筋が浮かぶが、さすがに言い返してこなかった。とりあえず場の空気を柔らかくしようと、硝飛は紅淳の様子を伝えた。

「一応、伯母さんは酷《ひど》い扱いは受けてないみたいだった。俺の母さんとは幼なじみで仲が良かったって言ってたな。俺と会えて嬉しいって喜んでくれたよ」

「たしかに桜雀《おうじゃく》と紅淳は幼い頃から共に育ち、姉妹のような間柄だ」

「俺と林迅みたいだな」

ニコニコして林迅を見ると、林迅も微《かす》かに口角を上げた。それを見て貴燕が不穏な顔をする。

硝飛と林迅の仲を引き裂きたい貴燕にとって、二人の絆《きずな》は疎《うと》ましいものでしかない。だが、妹と妻の間柄をずっと見てきた者としては、頭ごなしに否定できない結び付きがあることも知っている。

貴燕の妻と妹は魂の片割れかと思うほどお互いを理解し、尊重し合っていた。兄であり夫である自分が嫉妬《しっと》するほどに。

「――伯父さん？」

物思いに耽《ふけ》っている伯父に硝飛が声をかけた。間を置いて貴燕が呟《つぶや》く。

「紅淳は失踪したとき身重《みおも》だった。私の子はどうした？」

「それは……」

「やはり、なにもわからんのではないか。墨東王が紅淳を隠す理由もない、子供がどこにいるのかもわからない、その宝具だけでは紅淳が生きていることしか証明できぬ！　ならば、城の地下通路にいる証拠もない！」

誰に対しての苛立《いらだ》ちなのか、貴燕は拳《こぶし》で床を叩いた。

やはり貴燕は一筋縄ではいかない。簪一本で簡単に硝飛たちの言っていることを信じるつもりはないらしい。

硝飛は嘆息して、林迅に目配せした。林迅はおもむろに根付けを取り出す。

「――もし、伯父さんの子供も生きてるって言ったら、伯父さんは信じるか？」

「そ、それは！」

確証のないことは言うべきではない。だが、このままでは話が前に進まない。

「これは、紅淳伯母さんが唐良亜《りょうあ》に預けた根付けだ。伯母さんは子供が生まれるまでずっとそれを身につけていたって俺に教えてくれたよ。伯父さんも見覚えがあるよな？」

貴燕の唇がわななないた。

「それをどこで……」

「ある場所で林迅が見つけた。……たぶん、唐良亜の娘が、十数年間持ち続けていたものだ」

「……唐良亜の娘？　たしかに、良亜には娘がいたが……」

「行方知れずだったけど、最近この城郭内に帰ってきてるんだ」

「――っ」

驚く貴燕に、客間の外から家人が声をかけた。

「――宗主。宗主にお目通りを願う女が門前に来ておりますが、いかがいたしましょう」

「女？　何者だ」

「それが……」

家人は口ごもって、硝飛たちを気にしながら中に入ってきた。そして、そっと貴燕に耳打ちする。

「――なに!?」

「女の言うことが真なら、無下《むげ》に追い返すべきではないかと……」

貴燕は、険しい顔つきで硝飛たちを凝視した。

「これも、そなたたちの策略か……っ」

「なんのことだよ？」

硝飛と林迅には、貴燕が何を言っているのかわからない。

そんな二人を注意深く観察し、貴燕は女を招き入れるように家人に命じた。

しばらくして、客間に一人の女が連れてこられた。その顔を見て硝飛は驚く。

女は昨夜、宿の前で林迅が追いかけ、唐良亜の娘だと断言した人物ではないか。

「長らくの無沙汰《ぶさた》をお許しください、清宗主！　以前、こちらで紅淳様の侍女を務めさせていただいておりました唐良亜の娘、唐銘々でございます！」

女は床に額をこすりつけてひれ伏した。

緊張しているのか、身体が震えている。

「かまわぬ、面《おもて》を上げよ」

「は、はい……」

「すまぬな。久しぶりと言われても、わしはそなたを覚えておらん。しかし、母御のことはよく知っておるぞ」

「覚えていらっしゃらなくてもあたりまえでございます。宗主にお会いしたのは幼い頃に一度だけでした。……紅淳様にはいろいろとかわいがっていただいておりましたが……」

「うむ。唐良亜は紅淳の侍女であったからな。……だが、良亜は十数年前に我が妻と一緒に姿を消し、そのあと川から遺体が上がったと記憶しておる。——良亜の家族を探したが、身内は一人も見つからなかった。その娘が今ごろ何用だ」

　硝飛は油断なく銘々を見つめた。なぜ彼女は今この時この場所に現れたのか。

「——は、母は十六年前に、ある者の手によって殺されました。私はなんとか逃げ延び、今日まで命を繋《つな》いでおりました」

「ある者だと？　そなたは母を殺した人物を知っているというのか……！」

　侍女を殺した者の正体は紅淳を攫った者にも直結する。貴燕の顔色が変わるのも当然だ。

「良亜を殺したのは何者なのだ！」

「宗主、その答えの前に、私は宗主に謝罪せねばなりません。母が紅淳様から預かった根付けを不注意からなくしてしまったのです。紅淳様は攫われた時も、けっして根付けを手放されませんでした。そんな大事なものを私は……」

「……あんたが、落としたのはこれだろ」

硝飛が根付けを指さすと、銘々の眦《まなじり》が下がった。彼女はあまり驚いてはいないようだ。根付けの在処《ありか》はすでに知っていたのだろう。

「それでは、こちらもご覧ください」

銘々はそう言って、後生大事に抱えていた風呂敷包みを貴燕に差し出した。

「なんだ、それは」

「この風呂敷包み一式は、母が殺される直前に私に預けたものでございます」

「──っ！」

「……紅淳様がお産みになったお子様のへその緒、そしてお子様をお包みしたおくるみ、そして母が残した日誌でございます」

次々と取り出す銘々に戸惑いながら、貴燕はおくるみを手に取った。その瞬間、貴燕の表情が険しく豹変《ひょうへん》した。

「こ、これは！」

貴燕が恐れ多そうにおくるみを手放したので、硝飛はさっと掴んだ。

見たところ何の変哲もないおくるみだ。だが、布の端に刺繍《ししゅう》された家紋を目にしたとたん愕然とした。それは清家の家紋ではなく、二本の斧《おの》に龍が絡みついた皇族の紋章だったのだ。

「林迅！」

硝飛がおくるみを見せると、林迅は全てのことに確証を得たのか、そっと目を閉じた。

布も上質な絹で、唐良亜や銘々が簡単に手にできるものではない。

「なぜ、ここに皇族の紋章が出てくるのだ！　わしの子はいったいどこにいるのだ！」

「全てお話しいたします宗主！」

銘々は再びひれ伏した。

「十六年前、私の母と紅淳様は迷楼閣の前で墨東王の手によって城へと連れ去られました。その後、紅淳様は城の一室に幽閉され、そこで女児をお産みになったのです！」

「墨東王が紅淳を攫っただと!?　わからぬ、なにを言っておるのだ！　国王が身重の紅淳を攫う必要がどこにある！」

「それは！」

苛立ちを隠さない貴燕に負けまいと、銘々は必死に声を張り上げた。

「――それは、どうしても生まれたばかりの赤子が必要だったからです！」

「生まれたばかりの赤子だと？」

「――伯父さん、落ち着いて」

怯《おび》える銘々が不憫《ふびん》だったので、硝飛はつい口を挟む。

「なんとなく彼女の言おうとしてることが俺にはわかるよ。思い出してみろよ、墨東王の正妃と、紅淳伯母さんは同時期に妊娠してたんじゃないのか？」

「……っ」

それは城郭内のほとんどの者が知る事実だ。当時、どちらの子が先に生まれるかと貴燕は充賢《じゆうけん》と談笑したこともある。

「だから、伯母さんは墨東王に目をつけられたんだよ」

「どういうことだ？」

「まだわからないのか？　墨東王の正妃は難産が元で亡くなった。これが意味するのはなんだ⁉　お産で皇族が一番忌《い》み嫌うものはなんだよ！」

「――っ！」

「墨東王の子が邪魂児だったんだろ！」

「っ！」

貴燕は今にも倒れそうになった。信じていたものが根本的なところから崩れ落ちていく音が聞こえる。

「ふ、不敬なことを言うな！　証拠もないのにそのようなことを……！」

　皮肉だが、硝飛には伯父の気持ちがよく理解できる。実際自分も、つい先日信じていた伯父に裏切られたばかりだ。林迅にさりげなく伯父のあやしさを指摘されても、気づかないふりをした。身内を無意味に疑いたくなかったからだ。貴燕が無理に考えを遮断しようとするのも、同じような感情からだろう。

「銘々さん、俺の考えは間違ってないよな?」

　念のために尋ねると、銘々は味方を得たとばかりにぬかづいた。

「詳細は、この日誌に……」

　銘々は古びた日誌を差し出した。

「母はあの悲劇が起きた時から、その日誌に全ての出来事を綴《つづ》っておりました。この日誌によりますと、我が子が邪魂児だと知った墨東王は即その場で赤子を殺《あや》めたものの、皇族に邪魂児が生まれたなど、中央にも報告ができないと思ったようです。ただの死産にするにしても、こういったことは深読みされかねない。なにより、墨東王には新たな子がどうしても必要でした」

「……なんでだ?」

　単純に硝飛が尋ねると、横で林迅が明確な答えをくれた。

「西琉国《さいりゅうこく》との婚姻《こんいん》だ」

「婚姻のために赤子が必要だったたっていうのか?」

「古くから西琉国と墨東国は婚姻で絆を深めてきた。龍貴国《りゅうきこく》にとっては国を強固にするためにどうしても必要な婚姻だ。ところが当時、生まれたのは両国とも男子ばかりだった。そのため、どちらかの国に女児が必要だったんだ」

「……そうか。紅淳伯母さんの子を奪うことは、墨東王にとっては一石二鳥だったんだな。死産であることをごまかし、なおかつ生まれた子が女児なら嫁に出せる！」

「そうだ。賭けではあっただろうが、墨東王は賭けに勝った」

「——ちょっと、待て……」

貴燕が唇をわななかせた。

「お前たちの話を聞いていると、紅淳の産んだ子は……翠玲《すいれい》県主だと言っているようではないか」

「そのとおりでございます」

答えたのは銘々だった。

「私の母は紅淳様のお産に立ち会いました。ですが、生まれてすぐに赤子は墨東王に取り上げられ、紅淳様は誰にも見られぬように地下通路の牢へと入れられたのです。母は殺されかけましたが、どうにか城から脱出し、私に証拠を預けました。ですが、その後は……」

銘々の瞳から涙が零れ落ちる。なぜ、彼女が今さらこんな告発に動いたのかと思っていたが、噛《か》みしめた唇と涙を見て硝飛は察した。

これは復讐だ。

彼女は長年証拠を握りしめて、一番復讐相手の傷が深くなる時機をじっと狙っていたのだろう。そして、それが墨東国と西琉国の婚姻が迫る今だったのだ。

「……どうか母の日誌をお読みください。母は最後まで紅淳様とそのお子様のことを案じておりました」

再び銘々に差し出され、貴燕は日誌を読みあさった。その間、林迅が小声で銘々に話しかける。

「あなたは、緋《ひ》利瑶に言われてここへ来たのか？」

「……なんのことかわかりかねます」

「今がその時だと利瑶があなたを動かしたんだな？」

「――」

銘々は無言だ。硝飛が林迅を窺《うかが》うと、彼は驚くべきことを言った。

「『欠片は自ら訪れる』。あの男の言葉は彼女をさしていたんだ」

「『欠片は自ら……』あー、なるほど。たしかにそうだ」

ますます緋利瑶という男の胡散《うさん》臭さに拍車がかかった。彼は硝飛たちが貴燕の説得に苦労するとわかっていて、鍵となる唐銘々をよこしてくれたのだ。

やはり利瑶の正体はうやむやにしてはおけない。事情を知っている様子の林迅をしっかり問い詰めた方がいいだろうと判断した時、突如《とつじょ》貴燕が日誌を床に叩きつけた。

「許せぬ！　いくら皇族といえどもなんたる暴挙だ！」

「伯父さん？」

立ち上がった貴燕は、邪魔な硝飛たちを蹴散らすように部屋を出ていく。

「誰か、馬をもて！　今すぐ城に参内《さんだい》する！」

「はぁ!?」

邸中に響いた貴燕の怒鳴り声を聞いて、硝飛と林迅は大急ぎで部屋を飛び出した。硝飛が引き止める間もなく貴燕は門を出、鬼の形相で馬に飛び乗った。

伯父の背中が遙《はる》か彼方《かなた》へと消えていく。

「ま、まずいぞ。林迅！」

「これだから武人は脊髄《せきずい》反射で動くから困る」

「のんきなことを言ってる場合かよ！　あの勢いじゃ墨東王に斬りかかりかねないぞ！　追わなきゃ！」

あたふたして、硝飛は家人に頼み込んだ。

「俺たちにも馬を用意してください！」

「で、ですが……」

家人も硝飛たちの扱いに困っているようだ。

自分のことがどこまで家人に知れ渡っているのかはわからないが、今はグズグズしている場合ではない。硝飛はついカッとして怒鳴った。

「あんたたちの宗主を失いたくなかったら、早く馬を用意しろ！　下手《へた》をしたら、宗主の命ばかりか、清家が取り潰《つぶ》されるぞ！　そうなったら、あんたたちの働く場所もなくなるだろ！」

家人たちは戸惑いながらも、硝飛の迫力に押されて馬小屋に走った。

待っていると、見事な青毛の馬が二頭ひかれてきた。

「行くぞ、林迅！」

言うが早いか、硝飛は長い足を上げて颯爽《さっそう》と馬に飛び乗った。

もちろん、林迅の後ろに。

せっかく用意した馬が一頭残され、清家の家人たちは唖然《あぜん》として二人を見送った。

第九章　愛と忠義の狭間

1

全速力で馬を走らせたが、貴燕《きえん》にはとうとう追いつけなかった。二人分の体重を乗せているのだ。馬の足が遅くなるのもしかたがない。

結局、城門前で足止めをくらい、硝飛《しょうひ》と林迅《りんじん》は手をこまねいていた。

「また門かよ。林迅、やっぱり皇族の令符でももらってくれよ。これじゃ、いざというとき困ってばかりだ」

硝飛は愚痴《ぐち》りながら馬から飛び降りた。

「なぁ、いま清《せい》貴燕殿が城に入っていっただろ?」

門兵たちは無言だったが、表情から是《ぜ》を感じとり、硝飛は更に苛立《いらだ》つ。

「中で大変なことが起こってるかもしれないんだ。入れてくれよ」

どんなに頼み込んでも、門兵たちは頑《かたく》なだった。もういっそ彼らと斬《き》り合ってでもと覚悟を決めた時、門の内側から思いがけない声がかかった。

「入れてあげて」

そう言って、侍女と共に姿を現したのは翠玲《すいれい》だった。

「しかし、県主……」

まごつく門兵たちに、翠玲は厳しく言い渡した。

「この方たちは私の大事な客人です。門をお通しして！」

「はっ！」

いつになく険しい翠玲の表情に緊急性を感じとり、門兵たちは二人に道を開けた。

たしか前もこんなことがあった。彼女は硝飛たちにとって導きの女神のようだ。

「ありがとう！」

翠玲に礼を言うと、彼女は踵《きびす》を返した。

「清殿は謁見《えっけん》の間にいます。急いで！」

「ああ！」

翠玲に背中を押される形で硝飛たちは走る。謁見の間に辿《たど》り着くと、まさに充賢《じゅうけん》と貴燕が静かに睨《にら》み合っていた。

硝飛はとりあえずほっと胸を撫《な》で下ろした。もし貴燕が墨東王《ぼくとう》を斬りつけていたら、取り返しがつかないところだった。

「失礼します、墨東王」

林迅がサッと前に進み出たので、充賢はこれでもかと目を開いた。

「そなた、戻ってきたのか。しかも……」

横に立つ硝飛を充賢は直視する。

「邪魂児《じゃこんじ》と共にだと……？」

「すいませんね。生きてて」

硝飛は肩をすくめて舌を出す。皇族に対して最大の不敬だが、礼儀を重んじる気などさらさらなかった。林迅はそんな硝飛を庇《かば》うように更に前に出る。

「――墨東王。あなたが禁忌《きんき》を秘匿《ひとく》しようと人の倫を踏み外したがゆえに、このような歪《ゆが》みを生み出してしまったことを自覚しておられますか？」

「歪みだと……？　おかしなことを言う。歪みなどどこにあるというのだ」

「墨東王」

「そなたがなにを言っておるのかわからぬが、もし国家の安寧を阻《はば》む者があるのなら、それを排除するのが国王の務めだ。恥じることなど一つもないわ！」

「後ろめたいことを隠せば隠すほど、事態は取り返しのつかないことになる。それが世の常です」

「――っ！　そなたは何が言いたいのだ！」

激昂《げっこう》した充賢が玉座から立ち上がった。貴燕が拱手《きょうしゅ》して前に出る。

「墨東王！　どうぞ、真実をお話しください！　私の妻と子は生きているのでしょうか？　紅淳《こうじゅん》が地下通路に隠されているというのは真実なのでしょうか!?」

「地下通路だと？」

充賢の顔色が明らかに変わった。それは、墨東国の皇族しか知らぬ秘匿案件だ。国尉である貴燕が知るはずがない。

「お願いです墨東王！　事実を……どうか事実を白日《はくじつ》の下に……！」

「――衛兵！」

充賢が声を張り上げる。武力で貴燕たちを取り押さえる気だ。

硝飛と林迅はとっさに身構えたが、どうしたことかいつまでたっても衛兵は現れなかった。

「なにをしておる！　清貴燕は謀反人《むほんにん》と化した！　すぐに捕らえよ！」

充賢の怒声は半ば奇声に近かったが、城の動きは静かなままだ。

「どうしたんだ？」

硝飛が呟《つぶや》くと、しばらくしてようやく扉が開いた。だが、入ってきたのは衛兵ではなく、場違いなほど煌《きら》びやかに着飾った一人の若者だった。

その姿を見て、さすがに硝飛は呆気《あっけ》にとられた。

「う、馬の人……?」

なぜ彼がここにいるのか。さすがに見当もつかない。

緋利瑶《ひりよう》はこちらを一瞥《いちべつ》もせずに充賢の前へと歩み寄った。

「な、何者だ。そなた!」

状況が把握できない充賢に、利瑶は恭《うやうや》しく拱手した。

「お初にお目にかかります墨東王。私は西琉国《さいりゅうこく》国王、彩楓峡《さいふうきょう》が末子《まっし》、彩烏陽《うよう》と申します」

「――っ!」

この場にいるほとんどの者が絶句した。西琉国は龍貴国《りゅうきこく》の最西だ。墨東国とは距離的に一番離れている。その西琉国の王子がなぜこんなところにいるというのだ。

しかも、皇族である西琉王の子ということは、当然、彼も皇族。もっと言えば林迅の従《い》兄弟《とこ》にあたるではないか。

「馬の人、緋利瑶ってのは偽名だったのか?」

「立場上本名を教えるわけにはいかなくてね。まぁ、君たちには私の偽名など意味がなかったが。ほとんど馬としか呼ばれていないからね」

皮肉な言葉を投げられ、硝飛は目を逸《そ》らした。

ただ者じゃないとは思っていたが、まさか皇族だったとは。皇族内部の事情に詳しいはずだ。それをさんざん馬呼ばわりしていたのだから、不敬罪で投獄されてもおかしくない。まぁ、林迅は半ば確信犯でやっていた節はあるが。

チラリと林迅を見ると、やはり彼はたいして驚いていなかった。大方の予想はついていたのだろう。

「林迅、お前はいつ馬……じゃなくて、緋利瑶の正体に気づいたんだ？」

「宿屋でだ。よく考えればあいつは最初から正体を明かしていたんだ」

「どういうことだよ？」

「彼の宝具《ほうぐ》、鉄笛《てってき》の房飾りに付いている三本足の金烏《きんう》だ。あれは古来から太陽の化身と言われている。その金烏を名に持つ者のことを俺は昔、義父上《ちちうえ》から聞いたことがある」

「彩烏陽……太陽に烏《からす》！　うわ、そのまんまじゃないか」

「義父上が言うには、彩烏陽は聡明で叡智《えいち》に富んだ王子ではあるが、皇族であるにもかかわらず道術を極め、酔狂な趣味に走る風変わりな人物でもあるとか……」

「……まさしく汪尚書《おうしようしよ》の言うとおりだな」

硝飛と林迅がこそこそと話している間に、烏陽はまっすぐに充賢と対峙《たいじ》した。

「そなたが、本当に彩烏陽だという証拠はあるのか？　名乗るだけなら誰でもできる！」

充賢の言葉に、硝飛も同意した。

「やれやれ、伯父上もたいがい疑り深い」

烏陽はおもむろに懐《ふところ》から符を取り出した。

それは、長方形の金の板に雅《みやび》な紋様を細工したものだ。符の中央には翡翠《ひすい》が塡《は》め込まれており、皇族の紋章が大きく彫られている。符の上部には令の文字。そして下部には西琉国の王であり、龍貴国親王でもある彩楓峡の名があった。

「それは、鉞符《えつふ》！」

貴燕が愕然《がくぜん》とすると、充賢は言葉もなく歯がみした。

「林迅、鉞符ってなんだ？」

無知だと思われたくないので、硝飛は小声で尋ねる。

「鉞符とは皇族の親王以上の者しか発付《はっぷ》できない令符だ。あれがあれば、どのような者でも皇族の命で動いているとみなされ、持つ者の命令は絶対になる。今あれを発付できるのは、旬苑《しゅんえん》殿下と先代澄明《ちょうめい》皇帝のご兄弟。そして、現在旬苑殿下の後見を担っておられる先々代皇弟殿下だけだ。もちろん、皇帝だけが発付できる符もあるが、それは鉞符よりも更に効力が増すから、国の大事にしか発付されない」

「へぇ。だから、墨東王が衛兵を呼んでも城の者は動かなかったのか……」

「たぶん、馬男《うまおとこ》が鉞符で牽制《けんせい》していたんだろう」

この期《ご》に及んで馬男呼ばわりする林迅の心臓の強さに呆《あき》れながら、硝飛は真剣に言った。

「なぁ、林迅。あれだよ、あれ！　俺が言ってるのはああいうの！　鉞符さえあれば、俺たちは国中どこでも自由に動けるんだから、あれを旬苑殿下にもらっとけよ。いちいち門前で追っ払われるの面倒くさいだろ？」

「……」

林迅は硝飛を軽く睨んだ。

「あのな、皇位継承を固辞したから都合のいい時だけ皇族の名に頼れないって気持ちはわかるよ？　だけど、お前は皇族の宝具を守る任務を旬苑殿下から承《うけたまわ》ってるんだから、鉞符ぐらい持ってたってバチは当たらないぞ？」

頑なな林迅を諭《さと》していると、烏陽がわざとらしく大きな咳《せき》をした。どうやらうるさかったらしい。

「楓峡の子が、我が城になんの用だ」

絞り出すように充賢が問う。

烏陽は鉞符を懐にしまい、真正面から充賢を見た。

「なんの用とはお言葉ですね。我が西琉国も諜報《ちょうほう》活動に至っては墨東国にひけをとりません。龍貴国内で起こったことは、当然、西琉王の耳にも入ってくる」

「それはこちらも同じことだ」

「そうでしょう。だからこそお互い不干渉を貫くのも礼儀。――ですが、我が長兄、彩海《う》條《じょう》と翠玲県主の婚姻《こんいん》に関することとなれば話は別です」

「――っ！」

「父は大変心を痛めております。兄である墨東王を信じたい気持ちはあるものの、このまま婚姻を進めることはできないというのが父の本音です」

「ふ、楓峡が何を耳にしたかは知らぬが……」

「いいえ、これは確かな証拠に基づくもの。そこで、真実を明らかにするため、父は私を墨東国に派遣いたしました。ちなみに、今ごろは中央の耳にも入っていることでしょう」

「――中央の!?」

充賢は真っ青になった。

今までの烏陽のあやしい行動が、墨東国の様々な疑惑に対する内偵だったとは。きっと、硝飛たちが清家に真実を伝えに行ったのも彼の策の内だったのだろう。なんだか、駒《こま》扱いされたようで気に入らない。

「伯父上は、清貴燕殿の妻である姚《よう》紅淳殿の侍女、唐良亜《とうりょうあ》をご存じでしょうか？」

「なんのことだ」

「唐良亜は紅淳殿が赤子を出産したのち、あなたの命によって殺されました。しかし、その娘は生き延び、墨東国から遠く離れた西琉国にまで逃げてきたのです」

「――っ！」

「彼女は数々の証拠を持ち、私と共に墨東国入りをしております。ここにいる清殿の前で、そして西琉王の鉞符を持つ私の前で、はっきりと真実をお話しください。翠玲県主はあなたの実の子ではないと！」

「──っ！」

充賢の身体《からだ》が強張《こわば》ったように動かなくなった。彼は逡巡《しゅんじゅん》ののち、小さく唸《うな》る。

「墨東王！」

「……」

烏陽に促《うなが》され、充賢は観念したように口を開いた。

「翠玲は、邪魂児として生まれた余の子の代わりに育てた清貴燕の娘だ」

「──っ！」

貴燕の身体が一気に震えた。充賢が隠していた罪を認めたことで、何かのたが外れたようだった。

「なんたることだ……なんたることだー!!」

獣のように吠えた貴燕が、いきなり充賢に斬りかかった。

「伯父さん!!」

とっさに硝飛が充賢の前に出た。蝶輝《ちょうき》で彼の剣を受け止めると刃《やいば》から激しい火花が散る。

「どけ、硝飛!!　十数年にも及ぶ屈辱《くつじょく》、たとえ謀反の罪に問われようとも晴らさぬわけにはいかん！」

「伯父さんが死んだら、紅淳伯母さんはどうなるんだよ！」

「――っ！」

力強い貴燕の剣に押されながら、硝飛は必死に叫んだ。

「紅淳伯母さんは生きてるんだ！　翠玲県主だって今後真相を知ることになる！　せっかく家族が再会できるっていうのに、こんなことで無駄にしていいのかよ！」

「――っ硝……飛っ！」

「伯父さん！　伯父さんは俺が嫌いかもしれないけど。母さんを大事にしてくれてた人だから、死んでほしくない。罪人になんかなってほしくないんだ！」

「……っ、そなたを嫌ってなんぞおらん！」

とうとう硝飛の蝶輝は貴燕の剣に弾《はじ》かれた。

その場に尻餅《しりもち》をつく硝飛を、貴燕は鬼の形相で見つめている。だが、その瞳はわずかに潤んでいた。

「かわいい妹の子だ！　大事に思わないわけがない！　だが、そなたは邪魂児だ。邪魂児はだめなのだ！」

「――硝飛」

林迅が硝飛に手を伸ばした。彼の手を摑《つか》んで立ち上がると、林迅は貴燕を哀《あわ》れむように見た。

「──あなたは、硝飛が生まれた時から李家《りけ》を探らせ続けていましたね？」

「……」

「でなければ、硝飛や、まして俺の好物など知るわけがない。あなたがそれほど邪魂児を疎《うと》ましく思っているなら、いつでも硝飛を殺せたはずだ。だが、そうしなかったのはなぜですか？」

　林迅の指摘に、貴燕はとうとう涙を零した。

「桜雀《おうじゃく》の子を殺せるわけがないだろう……。しかし、邪魂児は災厄《さいやく》を招く……。皇帝の宝具を持つ林迅殿下と共にいるなら尚更だ。だから、わしは硝飛を……。なのに、お前は平気な顔で再びわしの前に姿を現した！　なぜだ、硝飛！　なぜお前はそうも桜雀に似ておるのだ！　どんな目にあっても怒りをけっして引きずらぬ。自分を害する相手にも真正面から向き合う……気質が桜雀そのものだ！」

　貴燕は力なく声を震わせた。

「結局、わしは邪魂児によって妻と娘を奪われ、甥《おい》までも我が手にかけようとした……」

「伯父さん……」

「邪魂児に一番振り回されていたのは、このわしだったのか……」

　貴燕はあふれる涙を拭《ぬぐ》いもせず、再び剣を振り上げた。

──刹那《せつな》。

「墨東王！　お覚悟！」

「──父上ーっ！」

甲高《かんだか》い声が謁見の間に響き渡った。

一同が振り向くと、なんと翠玲が紅淳を連れて立っているではないか。

「紅淳！」

貴燕が我が目を疑うように妻の名を呼んだ。

「貴燕様！」

長いこと歩いていないせいで足の筋力が弱っているのか、紅淳は這《は》うように夫に近づく。

烏陽が駆け寄り肩を貸すと、翠玲は間髪容《い》れずに貴燕の前に跪《ひざまず》いた。

「清殿！　いいえ、父上。知っておりました！　私は、あなたが父であること、母が地下通路に隠されていることを知っておりました！」

翠玲は貴燕にひれ伏した。県主の身でありながら配下にひれ伏すなどあってはならないことだ。

「私もこのことを知ったのは、つい最近なのです！　地震の後、兄上たちが頻繁《ひんぱん》に地下通路に入っていくのを目にし、後を追いました。私も母の姿を見た時は心がえぐられる思いをいたしました。清の父上のお怒りはごもっともだと思います。──ですが……ですが、墨東王も私の父なのです！」

「――っ！」

県主である翠玲が更に額《ひたい》を床に押しつけた。貴燕は呆然《ぼうぜん》と娘の告白を聞いている。

「私も迷いました。清殿を父と呼びたかった。母を地下の牢から出してあげたかった。ですが、墨東王が私を実の娘のように大事に育ててくれたのも事実なのです！」

「……それは、あなたを己の娘と偽《いつわ》って西に嫁《とつ》がせるためだ」

「たとえそうだとしても、十六年の歳月、父の愛情は本物であったと私は信じております！　お願いです、清殿。実の父が育ての父を殺すなど私には耐えられません。どうか……どうか剣をお収めください！」

「翠玲県主……」

すでに、貴燕の殺意は薄れてきている。

娘にここまで言われては、いくら憎い相手でも剣を向けることはできないのだろう。清貴燕は、不器用で愚直すぎるが愛情深い男だ。

貴燕が剣を鞘《さや》に収めると、紅淳が涙声でその背中に寄り添った。

「貴燕様……やっとお会いできました。もう、今生《こんじょう》でお姿を見ることはできないと諦《あきら》めておりました……」

「紅淳……」

貴燕はようやく紅淳を真正面から受け止めた。抱き合う二人の姿に硝飛は安堵《あんど》して床に落ちたままだった蝶輝を拾った。——と、蝶輝の様子が妙なことに気がついた。

必要以上に柄《つか》が手に馴染《なじ》んでいるのだ。

「——？」

怪訝《けげん》に思って剣をしげしげと眺めた一瞬の後、蝶輝の刀身が茶褐色《かっしょく》に光り始めた。まるで濁《にご》った血の色だ。

「林迅！」

とっさに助けを求めると、なんと己の身体が勝手に動き始めたではないか。

「なんだこれ！」

蝶輝は強引に硝飛を操りながら、翠玲にその切っ先を向けた。

「林迅！　蝶輝がおかしい！」

「なんだと!?」

「蝶輝が俺を操ってるんだ！」

そう言った刹那、蝶輝が雷のような轟音《ごうおん》を響かせて翠玲に斬りかかった。

「翠玲！」

それをとっさに突き飛ばしたのは充賢だった。蝶輝は深々と墨東王の肩に突き刺さる。

「父上！」

悲鳴を上げる翠玲の前に、墨東王は尚も出る。それは紛れもなく娘を庇《かば》う父の姿だった。

蝶輝は狙いを充賢に定めて振り下ろした。

「硝飛！」

林迅が倭刀《わとう》で蝶輝を受け止めてくれた。

「林迅、きっと蝶輝の狙いは墨東王と翠玲県主だ！」

「なぜだ！」

「迷楼閣《めいろうかく》の邪魂児だよ！」

「なに？」

「迷楼閣で俺は邪魂児の幽鬼を蝶輝に宿らせようとした。失敗したと思ってたけど、邪魂児の取り込み自体は成功してたんだ！　きっと、邪魂児が二人に復讐《ふくしゅう》しようとしてるんだよ！」

「それは、厄介《やっかい》だな！」

林迅が蝶輝を弾くと、蝶輝は勝手に林迅に斬りかかった。

「だめだ。俺じゃ言うことをきかない！　こいつを叩き折ってくれ！」

「――っ！」

林迅ばかりか貴燕まで硝飛を凝視した。

蝶輝は桜雀の形見だ。硝飛にとっての宝具でもある。そんな大事なものを折れというのか。

「他に方法はないのか⁉」

躊躇《ちゅうちょ》する林迅に、硝飛は頬《ほお》にえくぼを刻んで答えた。

「バカだな、お前だから頼んでるんだろ！」

「……」

「お前以外に蝶輝を折らせるかよ！」

硝飛の決意に、林迅は自然と頷《うなず》いた。

「『飛凰《ひおう》』！」

林迅が宝具の名を呼んだ。硝飛は林迅の宝具の名を初めて聞いた。

飛凰が目映《まばゆ》く光り輝く。こうして茶褐色に染まった蝶輝と比べてみると、林迅の飛凰は神々しさに満ちている。

見惚《みと》れていると、柔らかな笛の音も聞こえてきた。見ると烏陽が鉄笛の音で荒ぶる邪魂児を鎮《しず》めてくれていた。

手を貸してくれているのだと察し、硝飛は烏陽に心で礼を言った。

「林迅！」

硝飛が操られるままに蝶輝を振り上げた一瞬の隙《すき》をつき、林迅は跳躍して蝶輝を叩き折った。

ガキンッと嫌な音がして、切っ先が床に転がる。

一同が息を呑《の》む中、邪魂児の幽鬼は『おぎゃあああああ！』と泣きながら姿を現した。迷楼閣で見た時から大きな幽鬼だと思っていたが、あれは六百年もの間皇族で生まれてきた邪魂児の集合体だ。一体ではないのだ。

林迅は素早く封じの呪符を赤ん坊に投げつけた。烏陽が軽やかな音色で邪魂児を更に鎮める。

「林迅殿下、幽鬼とはいえ我らと血を分かつ者だ。丁重にお返ししよう！」

烏陽が笛から口を離して言うと、二人は赤ん坊の左右に分かれた。

「いまだ！」

二人は同時に飛凰と鉄笛で邪魂児を薙《な》ぎ払った。

『ぎゃあああああ！』

邪魂児は断末魔の悲鳴を上げ霧のように消えていく。しんっと静かになった謁見の間に、翠玲のすすり泣く声が聞こえた。己の出自や生まれてすぐ殺されてしまった者の成れの果てに心を痛めているのだろう。

「鎮めても鎮めても消えぬ怨念《おんねん》は祓《はら》うしかない」

烏陽が瞳を伏せて鉄笛を懐にしまった。林迅も飛凰を鞘に収める。

「大丈夫か、硝飛」

「ああ」

硝飛は折れた蝶輝の切っ先を拾った。

成人してから常に共にあった大事な宝具だ。母の形見であり、父の形見でもある。

「硝飛」

林迅が心配そうに近づいてきた。

ここで泣いていては林迅に罪悪感を持たせてしまう。硝飛は無理に笑って振り向いた。

すると、貴燕がそっと硝飛の手ごと蝶輝を包み込んだ。そんなことをされては、耐えていた涙が零《こぼ》れてしまうではないか。

「お、伯父さん、ごめん。俺……大事な蝶輝を邪宝具に変えたばかりか、折っちゃって……」

子供のように謝る硝飛に、貴燕は静かに首を横に振った。

「わしこそ、すまなかった……」

貴燕に謝罪され、硝飛は驚いたように顔を上げた。紅淳がそっと硝飛を抱きしめる。

「あなたが無事なら、桜雀も悲しんだりしないわ」

「紅淳伯母さん……」

それは、硝飛が久しぶりに感じる家族の温もりだった。

第十章　鳳凰は蝶と並び立つ

墨東国《ぼくとうこく》が抱える闇《やみ》を暴ききって三日後、硝飛《しょうひ》と林迅《りんじん》の姿は、再び城の中にあった。

燃えたぎる炉《ろ》の中で熱され軟らかく溶けていく蝶輝《ちょうき》の剣身を感慨深げに眺め、硝飛は精神を集中させた。

林迅や貴燕《きえん》の勧めで、折れた蝶輝を材料に新たな剣を作製することになったのだが、まさか充賢《じゅうけん》が城の鍛冶場《かじば》を貸してくれるとは思わなかった。

林迅が皇帝の宝具《ほうぐ》の継承者として我を曲げぬと言うのなら、最後までその行く末を見届けるのが自分の務めだと充賢は言った。国を思うがゆえの純粋さが彼の判断を誤らせたのだと、今ならよくわかる。

地下通路で働かされていた人足《にんそく》たちは、重い口止めと多額の報酬を条件に今も地下通路の復旧に従事している。開通も間もなくだというが、崩落は通路の半ばだけらしいので、彼らが地下通路の先へ行くことはない。きちんと監視さえしていれば、邪魂児《じゃこんじ》の廟《びょう》の件が漏れることはないだろう。

鍛冶場では清家《せい》の伯父と伯母、そして充賢と翠玲《すいれい》が見守ってくれている。充賢の傷は林迅が治癒《ちゆ》の術で治したので、命に別状はない。

この二つの家族もまた、今後複雑な関係を乗り越えていかなければならないが、皇族としての不祥事をさらすわけにはいかないので、翠玲はそのまま墨東王の娘として生きることになった。貴燕は複雑だろうが、翠玲がそれを承知したので渋々受け入れた形だ。

しかし、残念ながら墨東国と西琉国《さいりゆうこく》の婚姻《こんいん》はなくなってしまった。皇族の血を引かぬ者を西琉国に嫁《とつ》がせるわけにはいかないという中央の判断だ。そして、彩《さい》充賢の中央への復権も白紙となった。彼が旬苑《しゆんえん》の後見人となることは今後一切ないだろう。

中央は墨東王を表向きに罰しない代わりに、その権限を墨東国内だけのものにとどめた。つまり、墨東王の名で今後鉞符《えつふ》を発付することはできないということだ。実質的に親王の地位を剥奪されたと言ってもいい。

それがこの龍貴国《りゆうきこく》にとってよいことなのか悪いことなのか、硝飛にはわからない。

硝飛は溶岩のような熱を放つ蝶輝を炉から取り出した。折れた刃《やいば》を上に重ね、金槌《かなづち》で丁寧に打っていく。まるで鈴を打ったかのような美しい音色を立てて鋼《はがね》がしなる。

本来、剣は鉄をドロドロに溶かし、型に流し込んで剣の形に鋳造《ちゆうぞう》するのだが、硝飛はあえて鋼を金槌で鍛錬し形を形成していく鍛造《たんぞう》にした。これは、林迅が持つような倭刀《わとう》の製法と同じだ。鍛造は鋳造に比べて鋼の不純物が飛ぶので強度が増す。もう二度と蝶輝が折れないようにと、あえてこの製法を選んだのだ。

金槌を鋼に振り下ろすたびに、硝飛の魂魄《こんぱく》と鋼の粒子が一体になっていく。瞳が赤く染まり、額《ひたい》にうっすらと汗が滲《にじ》み出るが、どんなに力強く金槌を振り下ろしても硝飛の呼吸は穏やかだ。

鋼を折り返し、何度も鍛錬し続けていくうちに、鋼は剣の形へと変貌《へんぼう》をとげた。剣を水に浸し一気に冷やすと、今度は研《と》ぎにとりかかる。切れ味を鋭くするためには、一切手を抜けない作業だ。

「なんとも、鮮やかな手際だ」

なぜかこの場に興味津々《しんしん》の彩烏陽《うよう》がいるが、集中している硝飛には関係なかった。宝具師は一般の鍛冶屋の三倍の速さで鍛冶や鋳造を行えるが、硝飛の場合は約五倍だ。丸一日あれば、たいていのものは造り上げてしまう。

硝飛は研ぎ終えた剣に鏨《たがね》を入れた。鏨とは剣身に彫りを入れる時に使う小さく鋭い彫刻刃だ。それを福鎚《ふくつち》という小さな金槌で打つことで、剣身に模様を入れていく。職人によっては刃先の違う鏨を四十以上も持ち、きめ細やかな細工を施《ほどこ》していく者もいる。硝飛も約五十の鏨を持っているが、旅先ではその数も限られる。それでも剣身にはそれは見事で秀麗な龍と蝶《ちょう》の模様が浮かび上がった。これは、元々蝶輝に彫られていた模様と同じものだ。

「……なんと、元の蝶輝と寸分の狂いもない美しい蝶だ」

貴燕が感嘆の声を漏らす。

硝飛は蝶と龍の上部に新たに鳳凰《ほうおう》を刻み込んだ。龍と蝶を導くような形で、鳳凰が翼を広げている。

それを見て、わずかに林迅の口が開いた。

もちろん、この鳳凰は飛凰《ひおう》のつもりだ。ちゃんと林迅に伝わっているだろうか。

きれいに彫り終えた剣身を剣格と柄《つか》に嵌《は》めていく。柄と鞘《さや》は元々の蝶輝のものを使ったが、剣格はこの際とばかりに新たに作製した。蝶の印象をいっそう極立たせたので、派手さが増して見栄えがする。

折れたおかげと言ってはなんだが、蝶輝は新たに鳳凰をその剣身に刻み込み、強度も増して新たな力を得たように見えた。

「できた……」

硝飛が額の汗を拭《ぬぐ》うと、息を詰めていた人々の肩がどっと下がった。張り詰めたような緊張感に耐えられなかったのだろう。

「林迅、頼むよ」

硝飛が蝶輝を林迅に渡すと、林迅はわずかに躊躇《ちゅうちょ》した。

「本当に俺でいいのか?」

「お前以外に誰が俺の宝具に魂《たま》入れをしてくれるんだよ。『俺はまだ覡《かんなぎ》じゃない』は聞き飽《あ》きたからな」

　そう言って口角を片方だけ上げてみせると、林迅は壊れ物でも扱うように大事に蝶輝を受け取った。

「失敗は絶対にできないな」

「お前なら大丈夫だって。――でも、また邪宝具になっちゃうけど……いいか？」

　硝飛はあらゆる意味を込めて林迅に問うた。邪宝具を持つ者がお前の側にいていいのかと尋ねているのだ。

「無駄な心配はしなくていい」

「……ごめんな。でも俺にはやっぱり蝶輝が必要なんだ」

「わかってる。蝶輝があってこそのお前だ」

　林迅が蝶輝の切っ先を硝飛の額に向けた。硝飛は傅《かしず》くように両膝《ひざ》を折る。

『宝具となりしものよ、汝《なんじ》の主《あるじ》、李《り》硝飛の魂魄をその御身に受け入れたまえ』

　林迅が片手の人差し指と中指で宙に印を刻むと、蝶輝が鮮やかに光り始めた。

『李硝飛、己が真の主であると剣に示せ』

　林迅に促《うなが》され、硝飛は蝶輝の柄を握りしめた。少し重さは以前より軽くなった気がするが、馴染《なじ》んだ感触だ。

　心地よさに身をゆだねながら、硝飛は蝶輝を両手で頭上に掲げる。

『我が名は李硝飛！　貴殿と共鳴する者なり！』

蝶輝の輝きがますます増した。

新たな蝶輝が、硝飛の宝具となった瞬間だった。

「──お前の二度目の成人の儀だな」

林迅が愛《いと》おしげに微笑《ほほえ》んだ。

久しぶりに見る能面の満開の笑顔は、やはり破壊力が違う。

「ありがとう。……なんだか知らないけど、蝶輝がお前と俺の初の合作になっちゃったな……」

照れを隠せないでいると、林迅が素直に言った。

「初の合作が蝶輝でよかった。他人の宝具よりも、よほど俺たちにふさわしい」

硝飛は「お、おう」と曖昧《あいまい》に返す。たしかに蝶輝は二人にふさわしいが、それが邪宝具でよかったのかという迷いがないわけではない。

「お前の宝具、飛凰っていい名前だよな。飛翔する鳳凰。お前にピッタリだ。だから蝶輝にも刻ませてもらった」

「──なるほど。そういえばそういう意味もあるな。とっさにお前の名を一字もらっただけだったんだが」

「おい！　なんか嫌な予感がしてたけど、やっぱりそうだったのかよ。お前俺のこと大好きだな！」

宝具は大事に扱えと常に林迅が言っているが、その言葉をそっくりそのまま返してやりたい気分だ。のちのち彼が後悔しないことを祈るばかりだ。

「――硝飛、おめでとう」

紅淳《こうじゅん》に声をかけられ、硝飛は蝶輝を収めて深々と伯父と伯母に拱手《きょうしゅ》した。

「ありがとうございます。俺、成人の儀は父さんと二人だけの寂しいものだったから、こうして林迅や伯父さんたちに見守られて二度目ができるなんて、思ってなかった」

「……よかったわね。私も桜雀《おうじゃく》の代わりができて嬉《うれ》しいわ」

硝飛は心から母に紅淳という心の豊かな友がいてよかったと思った。きっと、母の少女時代は彼女のおかげで心穏やかなものだっただろう。

「貴燕様」

紅淳に背中を押されて、貴燕が大きく咳《せき》払いをした。

「こ、これをお前に……」

「――？」

ぶっきらぼうに差し出されたのは、清家の家紋入り水晶が付けられた房飾りだった。赤く染められた糸で作られた房部分は絹だとすぐにわかる。さぞ高価なものだろう。

「桜雀が身籠《みご》もったと知らせを受けた時、そなたに贈ろうと用意していたものだが、いろいろあってずっと渡せずにいた。もう、このようなものを身につける歳《とし》ではないが、蝶輝も新しくなったことだし、よければこれを付けておいてくれると嬉しい」

「伯父さん……」

家紋を授けるということは、硝飛を清家の人間だと認めてくれたということだ。

感激して硝飛は目に涙をためた。

「ありがとう、伯父さん。大事にするよ」

硝飛が房飾りを握りしめると、貴燕が充賢に歩み寄った。

わずかな緊張が走る中、貴燕は主に拱手した。

「墨東王、この場にての無礼をお許しください」

「なんだ」

突然のことに、翠玲と紅淳が不安そうに見守る。また充賢に斬《き》りかかるのではないかと誰もが心配していた時、貴燕は意外なことを言った。

「私の国尉の任を解いていただきたいのです」

「国尉の任を解くだと?」

「――清の父上……」

翠玲が眉根を寄せて貴燕に寄り添った。貴燕は頷《うなず》き、尚も続ける。

「私は主である墨東王に剣を向けました。とうてい許されることではございません」

「貴燕……。もう、それはよいと申したではないか」

「いえ、それだけではないのです」

貴燕は拱手を解いて、まっすぐに顔を上げた。その瞳の奥に宿る色を見て、充賢は全てを悟り自嘲《じちょう》した。

「もう、余を主として崇《あが》められなくなったということか……」

貴燕は否定しなかった。本音はそこなのだろう。

「私は武人です。墨東王のためなら命を捨てる覚悟でお側に仕えてまいりました。しかし、その礎《いしずえ》がなくなった今、軍事を司《つかさど》る職をいただいたままでいるわけにはまいりません」

「まったく、愚直な男よ」

充賢の自嘲が苦笑に変わった。もう引き止めても無駄だと彼が一番わかっているのだろう。

「そなたの気性は余によく似ておる。それゆえ、甘えすぎたところがあったのかもしれん」

「墨東王……」

「──よい、好きにするがいい。ただし、新たな国尉の人選はそなたに任せるぞ」

「はっ！」

充賢はどこか寂しそうに鍛冶場に背を向けた。

「国尉でなくとも、清家は墨東王にとって古くからの忠臣に変わりはない。また別の高職につかせるゆえ、今後は余と一線を画した場所から職務に励むがよい」

「――」

貴燕は紅淳と共に深々と頭を下げた。翠玲は去っていく墨東王の背中を見つめながら、父と母の手を握りしめた。

「時々、清家に遊びに行ってもいいですか？」

「もちろんだ。お前の家なのだから」

「騒ぎになるから、お忍びでね」

父母の優しい眼差《まなざ》しに包まれ、翠玲は晴れ晴れとした顔で笑った。

伯父の潔《いさぎよ》さと不器用さが入り混じった決断に、硝飛はいっそ清々《すがすが》しささえ感じていた。

「案外、お前の潔癖さは伯父上に似ているのかもしれないな」

林迅に言われて、硝飛も小声で答えた。

「そうかもな」と……。

終章　招かざるもの

円形の土楼《どろう》が建ち並ぶ墨東国《ぼくとうこく》の村々を、少し離れた小高い丘で見守りながら、硝飛《しょうひ》はしぶしぶと林迅《りんじん》の乗る馬の背にまたがった。

「あー、けっきょく馬の練習をする暇がなかったなー」

紅淳《こうじゅん》に持たされたたくさんの土産物《みやげ》を馬に背負わせ、二人は皆に惜しまれながら城郭《じょうかく》を出てきたばかりだ。

「こんなに荷物を乗っけて大丈夫かな。こいつ」

「大丈夫だろう。かさばりはするがそんなに重くはない」

「ならいいけど。――本当に情けないよな、俺。馬ぐらい乗れるようになりたいよ」

「俺は今のままで構わない」

「なんでだよ」

「お前に馬を買い与えると、好き勝手にどこかへ行ってしまいそうだ」

「……」

硝飛は曖昧《あいまい》に笑った。本来なら「お前、俺のこと大好きだな」と軽口を叩くところだが、今はなぜかそれができなかった。

硝飛は馬の尻をポンポンと軽く叩く。

たいていのことはそつなくこなす硝飛だが、動物には昔から好かれなかったように思う。これは邪魂児《じゃこんじ》ゆえの瘴気《しょうき》を動物が敏感に感じとっているからなのかもしれない。

乗馬ができない理由がそこにあるのなら、もう自分ではどうしようもない。だが、いつかきっと克服《こくふく》してみせる。これは自分の出自に関する反骨精神だ。

復興が進む村々を遠目に見つめている林迅の表情がどこか物思いに耽《ふけ》っているようだったので、硝飛は好奇心から尋ねた。

「どうした？　翠玲《すいれい》県主と離れるのが寂しいのか？　彼女、美人だったもんなー」

「馬から落とすぞ」

わざと馬を揺さぶられて、硝飛は悲鳴を上げる。

「じょ、冗談だよ。いったいどうしたんだよ」

「いや、今回の一連の事件だが、終わってみれば墨東王が受けた打撃は非常に大きかったと思ってな」

「――まぁ、言われてみればそうだよな。腹心の部下は去るわ、親王としての特権はなくすわ、中央への復権も白紙になるわ。今後、墨東王が中央で権勢を振るうことはないんだろうな……。やってることは許されることじゃなかったけど、元は国のためにしてたことなのにな」

「国のためとはいえ、墨東王の場合は保身が十二分に含まれていた。しかたがないことだ」

「邪魂児が生まれた時、正直に中央に報告してたらなにか変わってたか？」

「……いや、変わらないだろうな。邪魂児を生みだした者は中央政治には絶対に関われない」

「ふーん。手厳しいな」

硝飛は複雑な思いで蝶《ちょう》輝《き》の房飾りを撫《な》でた。邪魂児を清《せい》家の者だと認めることが、伯父にとってどれだけの覚悟だったのか。

「……」

硝飛は彼方《かなた》に見える城壁に目をやった。

威風堂々としている様は龍《りゅう》貴《き》国《こく》の堅牢《けんろう》さを他国の者に見せつけ、畏怖《いふ》を抱かせる。大きな地震の後もびくともしないその姿は、国内の者にとっては頼もしい限りだ。

頑強な城壁を眺めているうちに、硝飛の心にふと今さらのような疑問が湧いてきた。

「そういえば、なんでだったんだ？」

「なにがだ？」

硝飛の独り言にも、林迅は律儀に返してくれる。

さ」

「あー、うん。あの地下通路って、どうしてあんなに派手に崩落してたんだろうと思って

「――?」

「城郭内の建物は外の村に比べてあんまり崩れてなかっただろ? 城だって無事だったし。ひどい地震だったらしいから、もろい所はもろいんだろうって、あんまり気にしてなかったけどさ、岩盤は固いし、考えてみたらおかしな話だよな」

「城郭内では地下通路だけが致命的な損傷を受けていたからな」

「そのせいで邪魂児の廟《びょう》まで行くことができなくなったし。……もしかして、これも邪魂児の復讐《ふくしゅう》だったのか?」

「……」

なんとなく二人が考え込んだ時だった。

「おーい! 硝飛、林迅ー!」

背後から自分たちを呼ぶ声が聞こえた。振り向くと、なんと彩烏陽《さいうよう》がパカラパカラと白馬を駆けてやってくるではないか。

「――げっ!」

正直に顔面を歪《ゆが》める硝飛を気にもとめず、烏陽は二人に追いついた。

「これからどこへ行くんだ? 私も同行しよう!」

「なぜだ。皇帝の宝具《ほうぐ》を守らねばならないのだろう？　私がいれば百人力だぞ」

「結構だって！　あんた、なんでそんなに俺たちに絡むんだよ。そういや、あんたも皇帝の宝具の継承権があるよな？　本当は林迅の宝具を虎視眈々《こしたんたん》と狙ってるんじゃないのか？」

「いや、いいよ！」

　警戒心を露《あらわ》にする硝飛に、烏陽は思ってもみなかったとばかりに目を瞬《またた》いた。

「失礼な。私は皇帝の宝具なんかには興味がない。あるのは邪魂児である君だよ硝飛！」

「──いや、そんなことを大声で言われても！　それに、あんた仮にも皇族なんだから皇帝の宝具なんかはないだろう。それに、唐銘々《とうめいめい》はどうしたんだよ！」

「心配せずとも、彼女の母と同じように紅淳殿が侍女として雇ってくれるそうだ」

「ぬかりがないな、おい！」

　気のせいか、林迅が操る馬の足が速くなった気がする。

　これは無言で拒否をしている。

「林迅殿下が嫌がってるからさー。同行は諦《あきら》めてくれよ」

「そうはいかない。私も旬苑《しゅんえん》殿下から、ぜひ兄上と宝具をよろしくお願いしますと頼まれたんだ」

「えっ!?　手回しがよすぎだろう！」

ある意味周到すぎて、逆に引いてしまう。

呆《あき》れていると、急に乗っている馬が全速力で走り出した。

「うわ、林迅！　走るなら走るって言ってくれ！」

舌を嚙《か》みそうな勢いで馬が駆ける。それを烏陽は軽やかな笑顔で追いかけてきた。

「おーい、長旅だ。そんなに急がなくてもいいだろう！　そうだ、私のことは二人とも親しみを込めて烏陽兄さんとでも呼んでくれ！　遠慮しなくていいぞ！」

林迅殿下全力の拒否に気づいているのかいないのか、烏陽の陽気な声が風に乗って聞こえてきた。

これから、いろいろと面倒くさいことになりそうだとげんなりし、硝飛は大きな溜め息をついた。

今度、中央の彩京《さいきょう》にいる旬苑に文《ふみ》を出そう。

『殿下が慕う林迅兄上は、あなたが思っている以上に許容量の小さい男なのです』と……。

◇

ほうほうと梟《ふくろう》が鳴く夜。

彩翠玲は城の居室で何度も読み返した文に目を通していた。

そこには自分の出生の秘密、そして地下牢に隠された母のことなど、あらゆる事実があまねく綴《つづ》られていた。

その上で、手紙の主は翠玲に提案をした。

地下通路を爆破し、道を塞ぐようにと。

偶然起きた地震を利用したことで、結果的に事は万事順調に進んだと言ってもよいだろう。

手紙の主のおかげで翠玲は本当の父母を取り戻し、気乗りしなかった婚姻《こんいん》も破談になった。そう、ある意味理想通りの自由を手に入れたのだ。

「──翠玲県主。明日は早《はよ》うございます。そろそろ床におつきになられた方がよろしいかと……」

「そうね」

侍女に言われ、翠玲は文を燭台《しょくだい》の火に当てた。

ゆっくりと燃えていく文を皿の上に放り、翠玲は炎が全てを焼き尽くすまで見守った。

文の最後に描かれた三本足の金烏《きんう》の絵が、跡形もなく消えるまで……。

※この作品はフィクションです。実在の人物・団体・事件などにはいっさい関係ありません。

集英社オレンジ文庫をお買い上げいただき、ありがとうございます。
ご意見・ご感想をお待ちしております。

● あて先
〒101-8050　東京都千代田区一ツ橋2-5-10
集英社オレンジ文庫編集部 気付
希多美咲先生

龍貴国宝伝 2
鳳凰は迷楼の蝶をいざなう

集英社
オレンジ文庫

2022年9月21日　第1刷発行

著　者　希多美咲
発行者　北畠輝幸
発行所　株式会社集英社
〒101-8050東京都千代田区一ツ橋2-5-10
電話【編集部】03-3230-6352
【読者係】03-3230-6080
【販売部】03-3230-6393（書店専用）
印刷所　凸版印刷株式会社

ISBN 978-4-08-680465-3 C0193